Arte menor

PREMIO CLARÍN DE NOVELA 2006

Arte menor

Betina González

ClarínX

ALFAGUARA

González, Betina
    Arte menor - 1ª ed. - Buenos Aires : AGEA AGATA UTE, 2006.
    184 p. ; 21,5x13 cm.

    ISBN 950-782-945-8

    1. Narrativa Argentina-Novela. I. Título
    CDD A863

© Betina González, 2006
© De esta edición:
    AGEA / AGATA UTE, 2006
    Tacuarí 1842, Buenos Aires

Diseño de cubierta: Claudio A. Carrizo
Imagen de cubierta: Jesús Leguízamo, *Aproximaciones al
Edén* (detalles), pintura, 2004.

ISBN-10: 950-782-945-8
ISBN-13: 978-950-782-945-1
Impreso en la Argentina
Hecho el depósito que indica la ley 11.723

Primera edición: diciembre de 2006
Segunda reimpresión: enero de 2007

A mis padres,
que sufrieron
la ausencia y la presencia.
Y a Gabriel Méndes Calado,
que lo sabe todo.

1

Mi padre solía decir que todos en la familia teníamos algún desorden alimentario. Es cierto que mi hermana y yo heredamos la voracidad de mamá. Grandes jarras de leche, guisos de arroz, chocolate y, sobre todo, manzanas. En cambio él se pasaba días enteros sin comer otra cosa que pan integral y orégano. Su propio padre, contra todos los pronósticos médicos, había sobrevivido a sus últimos inviernos gracias a una rígida dieta de helado y jarabe para la tos, lo cual no evitó que muriera lentamente de cáncer de estómago. Tal vez por eso supusimos durante años que papá seguiría el mismo camino. Pero el viejo tenía sus formas de desilusionar cualquier expectativa que pendiera sobre él como una hipoteca del cuerpo o del espíritu. De modo que se las ingenió para morir de la manera más absurda, cruzando la Avenida del Libertador sin siquiera reparar en las luces de los semáforos. Casi estoy segura de que el hecho —sea tan sólo porque lo hermana a la distancia con Gaudí— fue deliberadamente planeado. Como fuera, tanto la distracción como la premeditación le habrían arrancado seguras sonrisas de orgullo.

Claro que él jamás podría esgrimir una Sagrada Familia como causa justificada del descuido. Su único logro como escultor resultó ser su estatua del Soldado Desconocido emplazada en el cementerio barroso de San Martín, donde los muertos se amontonan en desordenadas parcelas que exhiben tristes fotos carné enmarcadas en pretenciosos oropeles. No es siquiera suficiente ironía que él descanse a pocos metros de su máxima obra en bronce.

La noticia de su muerte nos llegó tarde, cuando ya había pasado un día entero inconsciente en el Hospital Rivadavia. De todos modos, hacía tiempo que no lo veía. La primera imagen que apareció en mi mente cuando me dijeron que lo habían atropellado no fue una imagen nítida de su cara, tampoco la imagen de la última vez que lo vi, el día en que se fue de casa definitivamente, con el Taunus amarillo cargado hasta lo imposible, lleno de bártulos, yeso, herramientas y la fuente del almuerzo recién preparado humeando en el asiento del acompañante. No. Lo único que vino a mi mente en ese momento fue la imagen de un chocolate Jack.

Lo oía entrar en mi cuarto y colocar alguna golosina sobre la mesa de luz o debajo de mi almohada. A veces, hasta las envolvía, una demora no del todo despreciable teniendo en cuenta la parquedad de sus gestos. Incluso recuerdo que una vez me sorprendió con una tarjetita que decía "Para Claudia", en la que además me había dibujado, junto a mi gato favorito, en clave de caricatura.

Siempre volvía tarde, se quedaba en el bar o en el club de ajedrez, en donde sólo jugaba al billar (entre otras cosas inútiles, la estantería del comedor soportaba su larga hilera de trofeos de barrio). En las noches de fiesta o en el carnaval siempre bailaba con otras, porque su mujer —cuando lograba convencerla— no podía dar un paso. La mayoría de las veces se quedaba observándolo desde un rincón, mordiéndose los labios finos y estirados en los que el rencor delineaba las arrugas como una sólida, amorosa enredadera por la que nosotras treparíamos agradecidas.

En contraste, recuerdo aún más borrosamente el día del entierro, como si hubiera sucedido más atrás. No sé lo que pensaron Florencia y mamá, para mí ésa fue la última intrusión de Fabio Gemelli en nuestras vidas, igual de abrupta que sus llamadas telefónicas. Los diálogos triviales de los pocos concurrentes se asfixiaban en el calor insoportable del mediodía de enero; la ropa incómoda y acartonada parecía un trámite interminable, igual que el día de escuela completamente perdido en una procesión de rostros desconocidos, las tres avanzando como en una película muda.

Ninguna de sus mujeres se presentó ese día: ni Graciela Luján, con quien mi padre había vivido más de dos años, ni la misteriosa Liliana, de la que mi imaginación de niña había hecho una heroína confusa a partir de las notas en los márgenes de una edición gastada de *Rayuela*. Ese libro y el recuerdo de una escultura de mujer eran, hasta entonces, las únicas cosas verdaderas que había heredado de mi padre o, por lo menos, las que lo designaban diferente, extraño a los relatos familiares.

Había, es cierto, algunos artistas. Ese día supe que en Santos Lugares (pero no mucho más allá) se lo consideraba un escultor de talento, que había tenido muy pocos amigos. Entre ellos, algunos que reconocí como algunos que circulaban en tertulias nocturnas cuando yo todavía no había terminado la escuela.

En realidad, fue gracias a una de esas reuniones que vi la escultura por primera vez. Mi padre había abandonado a sus amigos en el living y le mostraba entusiasmado un taco de quebracho a un hombre delgado, de ojos y cabellos negros que despedían un vago vapor aprehensivo. Desde el pasillo en penumbras, sus altas siluetas parecían sombras de genios malignos a punto de volver a sus lámparas.

El grabadista pasó los dedos por la superficie dispar de la madera y entornó los ojos. No dijo nada. Entonces, reparó en el pequeño bulto sobre la mesa —cubierto con un paño— que era el centro de mis conjeturas y tímidas exploraciones desde hacía dos semanas.

Descubrió la escultura, y los huesos afilados de su cara morena se ablandaron en una burla furtiva:

—¿Otra más, Gemelli?

—Es algo tonto, ya sé —pero su risa contradecía la réplica.

—Tonto y de mal gusto. No lo entiendo.

—Nada de eso. Vamos, es un regalo inofensivo.

—Estéticamente, déjeme decirle que tiene mucho de ofensivo.

—Eso lo hace más divertido, ¿no? Pero me hago cargo, eh. Mire que las he firmado a todas.

El sentido del diálogo se completó recién cuando ellos volvieron al comedor, dejando las luces encendidas sobre la pequeña mujer de bronce. Tenía bultos en el cuerpo, bultos difícilmente identificables como manzanas desde esa distancia.

Sólo ahora, en el seguro rincón de una biblioteca, cada una de las protuberancias de la escultura se revela completamente, mientras las dos mujeres siguen con su charla de precios y antigüedades. Entre los murmullos de los compradores y curiosos de turno, la voz de tía Carmen me llega casi sin interferencias, alentada por el vino blanco espumoso y las quiches en miniatura que hace circular una sirvienta de cofia anacrónica.

El sol atraviesa oblicuo y perezoso las cortinas de croché y se agota antes de llegar al mueble. Permanezco observando la estatuilla un buen rato, oyendo sus voces como una sonata agradable y lejana que sostiene mi inquisición en un discreto segundo plano. Pero al fin, la curiosidad puede más, abandono el sillón de cretona morada y me acerco a la biblioteca.

La dueña de casa me sigue con sigilo, deja la copa en el borde carcomido de la madera donde la escultura comparte su espacio con otras atrocidades de falsas porcelanas, jarrones y broches para el cabello. Posa una mano sobre mi hombro. Es pequeña y delgada, habla con voz suave. El maquillaje excesivo acerca su cara con brutalidad.

—No, querida, ésa no está a la venta. Es mi tesoro personal.

Mi primera reacción hubiera sido la risa, pero el brillo repentino que cruza por sus ojos detiene tan sólo una mueca incómoda en mi cara. Apoyo mi mano en la espalda de la escultura, luego mis dedos bajan por las piernas, donde las manzanas remedan las rodillas en torpe simetría con los pechos.

Un muchacho se acerca con una máscara veneciana en la mano. La anfitriona le dedica una mirada fría, dice un precio, él se da vuelta, un poco turbado y la deja sobre una mesa. Ella me pregunta si es verdad que en la agencia trabajamos con artistas clásicos, estoy a punto de decirle que no, que sólo organizamos (el plural, me molesta, como siempre, como esas arruguitas en las faldas que insisten en participar de la complejidad del atuendo) la prensa de Pavarotti cuando vino hace unos años y eso fue todo, pero presiento que tía Carmen se me ha adelantado, abrillantando los contactos de su sobrina para lograr rebajas en la cristalería. Hago apenas una señal con la cabeza. Además, la mujer tiene ganas de hablar, ha dejado su mano posada sobre mi hombro como si fuera una flor más del vestido abominable que he elegido para la ocasión. Vuelve la mirada a la escultura. "Yo lo conocí", dice y por un momento no sé si habla de mi padre o de Pavarotti o de alguna otra fantasía relatada por mi tía, que no hace ningún ademán de reconocimiento a mi mirada desolada. Ha renovado su lenta búsqueda entre la cristalería de Praga que se amontona sobre la mesa. Todavía le faltan las colecciones de dedales, máscaras, zapatillas de baile y fotos. Sé que no vamos a irnos hasta que ella lo haya visto todo. La mujer sigue esperando. Y entonces sonrío; sonrío a pesar de la historia que voy a oír, a pesar de la tarde que ya sé perdida, a pesar de Fabio Gemelli y de todas sus mujercitas.

Al principio, Fabio no fue más que un nombre en la lista de caras que la esperaban a la salida del teatro, según el día y la función. Lo había conocido en una fiesta a la que había llegado tarde y acompañada. De ese primer encuentro apenas recuerda las frases que intercambiaron en un rincón: él apresurado entre las bebidas y los saludos de los que recién entraban, ella con la mirada tensa en búsqueda de Armando, demasiado entretenido en la fila de muchachas que, como tímidas coristas, ejercían su coreografía de programas ajados, servilletas o páginas de libros rápidamente sacrificados a la ronda del autógrafo.

Es justo reconocer que Fabio no estaba en su mejor noche. Mal vestido, tenía los bajos del pantalón blanqueados por el yeso del taller (seguramente lo había arrastrado a la fiesta algún amigo, de ésos que solían pasar por casa a la hora de la cena con alguna excusa inverosímil). Aunque ella lo había tomado por un albañil de los que trabajaban en la ampliación de la sala del consulado, le fue imposible conciliar su espalda inusualmente recta delineada por el saco de grandes solapas, su nariz prepotente y la boca gruesa de los campesinos eslavos con la idea de un obrero infiltrado en la fiesta de recepción de Armando Salvattori.

Algunas de sus hipótesis bien podrían haber sido ciertas. Aunque papá nunca trabajó de albañil, en esa época había aceptado un turno de doce horas en la estampería de su suegro. Todavía tenía el pelo largo peinado en unos bucles bastante ridículos —recortados sólo lo necesario para las fotos del civil— y es verdad que, no su boca sino sus grandes ojos negros —los mismos de Florencia—, eran herencia segura de su abuelo ucraniano.

Pero esa noche Nina seguramente no reparó en sus ojos. Se dijeron poco. O más bien, ella estuvo lacónica y acelerada, andando de mesa en mesa. Sus pasos, en furiosa metonimia del escenario, poco hacían para disimular la parquedad de los diálogos que apenas mantenían las formas prescriptas por la discreta hipocresía del ambiente.

Cansada, en mitad del discurso del embajador, salió a la terraza que descendía en un parque escalonado hacia el río. Hacía calor. Bajó hasta una de las glorietas donde le pareció que la brisa traería algo de alivio a la noche. Entonces oyó algo furtivo, como un roce. Se detuvo entre las sombras de la enredadera. Sintió el perfume (esa costumbre deplorable de Armando de bañarse en agua de colonia). Apartó un poco las hojas. Ya tenía el pie en el escaloncito de piedra cuando oyó la risa de la muchacha. Una risa breve, de animalito. Arrodillada, el pelo desparramado entre las piernas del tenor.

Ahora admite que no estaba en su carácter correr como lo hizo. Ella, que era toda mesura y dedicación desde niña, desde que había decidido a pesar de sus padres ir a la escuela de danzas. Pero esa noche hasta el vestido de encaje estorbaba la velocidad de su corazón y, cuando llegó a las escaleras de la terraza, sólo la mecánica del oficio evitó que se cayera. Ahí estaba él, con una copa de champán en la mano y una sonrisa cómplice que a Nina le pareció totalmente fuera de lugar.

—Lo último que queremos es que se nos tuerza un tobillo —dijo, y le ofreció su brazo, que ella ignoró con eficacia.

Advirtió que su estatura la había engañado, que era mucho más joven de lo que había creído.

—¿Queremos? ¿Quiénes?

—¿Cómo quienes? Su público, evidentemente. No se veía nada bien una Giselle renga, ¿no?

—¿Va seguido al teatro?

—No. Pero la sección de espectáculos del *Clarín* es lo único que leo.

—Me imaginé.

—¿Por qué se imaginó?

—No tiene cara de melómano.

—¿Y de qué tengo cara?

—De albañil arrogante.

Fabio acusó el golpe con destreza. Sonrió con estoicismo y agregó, casi haciendo una reverencia:

—Eso es algo que las niñas de La Lucila conocen muy bien. Al menos las que ya leyeron a Puig.

—Pensé que usted sólo leía el diario.

—No vaya a creer, a veces me permito el lujo de una novela. Así es la clase baja en este país, ¿ha visto? De un esnobismo fatal.

Eso fue todo lo que se dijeron esa noche. O al menos lo que la memoria de Nina —asombrosamente detallada en algunos pasajes y caprichosa en otros— puede reproducir. La gente salía sofocada del discurso y la terraza empezaba a llenarse. Contrariamente a lo que hubiera deseado, Nina se impuso la obligación de quedarse hasta el final, como si permanecer en la velada fuera un ejercicio más de disciplina a los que estaba acostumbrada. En cambio, Fabio se marchó en seguida. Ella recuerda el roce de su mano entre copas y servilletas. Una despedida apurada, entre los chismes desgastados sobre el cambio de dirección del teatro, el estreno de la semana próxima y las anécdotas sevillanas de Armando, quien, milagrosamente reaparecido, había brillado de condescendencia y dedicación el resto de la noche.

En este punto, el muchacho con la máscara blanca vuelve a insistir y Nina abandona el relato para internarse en el camino sin retorno de los regateos. Cuando regresa a la biblioteca me parece un poco desencajada o triste, como si el vino o la memoria hubieran comenzado una marcha corrosiva por su mirada. Dice algunas cosas más, entre ellas, que ya no le queda nada en Buenos Aires, ahora que su hijo se ha ido (ese "irse" que significa otro país, otra vida) y que al fin ha decidido levantar la casa y volver a Italia. Tengo que hacer un esfuerzo comunicativo desproporcionado para regresarla al relato y entiendo que no me alcanzaría la tarde para hacerla hablar de todo. ¿Quién es esa mujer que no figura en mi cuenta cuidadosa de las amantes de mi padre? ¿Cómo pudo alguien como ella (señorial, refinada) enamorarse de alguien como Fabio Gemelli? ¿Cuántas más habrá como ella? No puedo, no quiero preguntarle todas esas cosas. Prefiero callarme, nada hay (excepto Carmen y será fácil alejarla) que me conecte con Fabio Gemelli y una sola palabra arruinaría para siempre la historia.

Mi tía me espera al otro lado de la sala, entre asombrada y divertida de mi inusual paciencia con la dueña de casa. Dejo mi copa en una mesita baja y me acerco otra vez a la escultura. Parece que el gesto detonara algo en el interior de Nina porque me mira y me dice: "Podés volver la semana que viene, si querés. Me viene bien la compañía. A mí esta gente (vago movimiento de manos) me cansa. Son como buitres, no se puede hablar con ellos. No les interesa nada de nada, vienen a rapiñar, nomás. No lo haría si no necesitara el dinero pero me quedan tres semanas nada más y mejor venderlo todo, ¿sabés? Casi no me llevo nada, pero a ésta sí (vuelve a mirar la estatuilla, se ríe bajito), ésta se va conmigo".

Asiento y le doy un beso seco en la mejilla, sabiéndome inevitablemente atrapada. Claro que volveré, puntualmente, todos los domingos, hasta que los muebles y objetos vayan desapareciendo, depreciados, malvendidos. Hasta que se nos acabe el tiempo y sea ella la que diga basta.

2

Una de las características indiscutibles de Nina —que nunca fue una estrella de la danza— es que jamás olvida un episodio que acicatee un poco su vanidad. Basta verla rodeada de tules, estolas y brillantinas para entenderlo. No importa que los esté rematando. Cada uno de esos objetos la evoca como a una reina y no como la mujer descascarada que pelea cada peso con los compradores de turno.

No fue difícil ablandarla con cumplidos y muestras de interés, incluso llegué a sugerirle una nota para la revista de Radio Clásica, en la que inventé a un conocido en la redacción. Tuve que adaptarme a sus ritmos, dejar que el relato se desviara en episodios de infancia y recovecos triviales, soportar los largos paréntesis sobre otras bailarinas, injustamente premiadas por la suerte, eternizadas en tal o cual libro sobre la historia del ballet argentino. Pero cada domingo mi padre crecía o se reinventaba, como si adquiriera una cualidad material que nunca tuvo para mí, como si mi escucha atenta participara de la voluntad fundadora del recuerdo.

Nina tenía treinta y cinco años cuando lo conoció (aunque sospecho que me miente, que probablemente tuviera unos cuantos más). Su carrera había empezado a apagarse, sin que en ningún momento hubiera brillado con la luz que ella había esperado. Herida de certidumbres —si hay algo peor que no ser una estrella cuando se lo ha deseado tanto, es saberlo tan íntimamente—, no sólo su vanidad saltaba como un caballo desbocado apenas se la interpelaba, sino que había dedicado años a crear a su alrededor un círculo de admiradores delicadamente artificial, anclado en el mundillo intelectual de Buenos Aries.

En los peores momentos llega a maldecir al ballet, lamentándose en frases inconclusas y melodramáticas, recordando que todo empezó demasiado pronto para ella, sin tener, al menos, el consuelo de haber empezado tarde, de haberle dado a la vida siquiera la oportunidad de torcerse en otra dirección.

Tan pronto como a los nueve años, cuando errando entre las revistas de su tía, había leído en una *Selecciones* la historia de Isadora Duncan. Desde entonces, ella simbolizaría para Nina la combinación perfecta de gracia y popularidad. Había insistido tanto que su madre la había inscripto en la escuela de danzas del barrio. Era una academia pequeña, regenteada con bastante decoro por dos hermanas que habían llegado a bailar en el cuerpo estable del Colón. Una foto de Dora del Grande y otra de Anna Pavlova presidían el caluroso saloncito espejado. Nina tenía clases dos veces por semana. Le gustaba sobre todo, además de las posiciones básicas, cuando Ofelia les hacía ensayar expresiones faciales. "Una bailarina", decía, "debe tratar a su rostro con el mismo rigor que a su cuerpo. Tal como si fuera un músculo, debe entrenarlo de tal manera que sea capaz de expresar cualquier emoción." Mientras practicaban los ejercicios básicos, las hacía posar frente al espejo ensayando sonrisas, miradas de líquida angustia, muecas de afilado desdén. Era un método efectivo. Mientras el calor insoportable del esfuerzo trepaba por las venas, Nina se olvidaba de todo: del dolor de la pierna estirada más allá de su rodete, de la sensación de desgarro y de la garganta seca para, en cambio, sonreír como una geisha de porcelana. Volvía a su casa con la cara dolorida, sintiéndose prematuramente arrugada y feliz.

Celebró su cumpleaños número diez vestida con el tutú de baile y el pelo enjaulado en la redecilla blanca reservada para los actos. A último momento, había agregado al atuendo una estola de su madre que iba de su cuello al piso. Aunque los niños se burlaban, las niñas tocaban el borde del tul con reverencia y Nina tuvo su pequeño momento de triunfo cuando una de ellas había exigido a su madre, entre lágrimas, que le comprara un disfraz como aquél.

Isadora Duncan sería la primera de una serie de decepciones. Una serie en la que la realidad se negaba a entrar en el molde dentado de su imaginación. Necesitaría todavía un par de años de filosofía y de práctica de los mandamientos básicos del ballet, agrias discusiones con sus profesoras y una elocuente foto de la regordeta y masculina americana para darse cuenta de cuán alejada estaba de ser la sílfide delicada de sus sueños. Cuando leyó su biografía, jubilosamente descubierta en los puestos de usados de Plaza Italia, comprendió con amargura que la Duncan, que bailaba descalza, que era toda desmesura e improvisación, que fluía como un humo blanco que brotaba de las tablas, sin adornos, sin glamour, sin decorados, nada tenía en común con ella misma, toda contención y esfuerzo. Y, sin embargo, había algo tan atractivo en su muerte que seguía seduciéndola. A veces pasaba tardes enteras imaginando con detalle el paseo final por Niza, entre bosquecillos polvorientos, la larga bufanda de seda arrastrada como un apéndice animal, sacudida por la brisa en la ajustada ingravidez que correspondía a tan áurea portadora. Le fascinaba que hubiera muerto en la cumbre de su fama y en un país extranjero. Sola, como lo había estado siempre, pues de eso se trataba su arte, de transformar a la danza en un delicado monograma. Su muerte le parecía la última escena de una vida que sólo se veía en las películas.

Cuando terminó de leer el libro, la Duncan, que nada debía al trabajo, que se atrevía a compadecer a la Pavlova y, mientras se hartaba de panecillos con manteca en el cruel invierno de San Petersburgo, agradecía con ironía a sus astros la amabilidad de no haberle dado nunca la carrera de una bailarina de ballet, se había transformado en un fiasco.

De todos modos, había pegado una fotografía de las dos bailarinas en la cabecera de su cama. Era una especie de santuario. Le ayudaba a recordar que, como decía Ofelia, la extravagancia era un camino rápido y peligroso y nada podía lograrse sin sufrimiento. Y, sin embargo, también debía tener algún valor eso de consumirse rápidamente como una centella en un barrio, ante un público ignorante y atento.

Para cuando conoció a Fabio, de esos pensamientos sólo quedaba una rutina técnica, un método vacío y tranquilizador al que Nina se había aferrado todos esos años. Lo demás simplemente había dejado de importarle. Excepto Armando. Los postergados contratos en Europa de los que había vivido pendiente durante años, los críticos que hablaban de su falta de versatilidad, las amigas roñosas que señalaban las conexiones de su familia con los militares, las amigas un poco más limpias que la compadecían en secreto porque no se casaba y no tenía hijos, todos ellos bien podían irse a la mierda.

En una de las visitas, Nina también me ha mostrado fotos. Ahora, mientras Julián duerme en la habitación y otra vez permanezco despierta revisando mis propias cajas de fotos, oyendo los ruidos de los vecinos y el tren a la distancia, siento que tendría que haber preguntado más, no dejarla salirse con la suya con un relato tan ordenado como la caja de la que sacó un recorte de *Radiolandia*, una caja rotulada "Armando". En ese momento me pregunté si Nina también tendría una caja que dijera "Fabio" (una por cada amante) pero no dije nada, me quedé sentada escuchando, en parte porque la sorpresa era mucha, en parte porque cualquier pregunta me hubiera delatado.

En la foto del recorte se la veía posando junto al robusto tenor italiano. También había otras jovencitas. Pero "Nina Vázquez, una de las bellezas de la danza nacional", era la única que no miraba a cámara. Sólo se veía la mitad de su perfil, el cuello tensado, la oreja pequeñísima, desconcertada entre el abultado cabello negro que le llegaba a la cintura. En los ojos de las demás se adivinaba un brillo viscoso, desesperado de publicidad. En cambio, los de ella miraban con urgencia hacia el tenor, que, sin ver a nadie, sonreía con demasiados dientes mientras su brazo la enlazaba con impunidad por la cintura. No mucho tiempo atrás —recuerda— ella también habría estado mirando a cámara. No mucho tiempo atrás, esas cosas como la prensa y los contactos le importaban. Mucho tiempo atrás, no tomaba tranquilizantes cada vez que Armando estaba de gira. Mucho tiempo atrás, todavía era ella misma su propio desafío.

Pero para el alicaído mundo del Colón, que dormía acunado por sus glorias casi coloniales, Nina era todavía una figura. Era conocida entre sus compañeros de elenco porque soportaba más horas de entrenamiento que ninguno y tenía todavía la elasticidad de una adolescente. Los críticos decían que era de las últimas de su tipo, las "lánguidas" de la vieja escuela. Bailaba como a pesar suyo, como si la arrastraran. Era la solista que todos querrían para *Giselle* pero no para *Coppélia* ni *El Cascanueces*.

Estoy segura de que papá no entendía nada de eso. Para él, que estaba acostumbrado a juzgar al mundo sin sutilezas, ella era una bailarina y punto. Jamás le había interesado el mundo del ballet y si escuchaba música, era una rara mezcla de tangos y canciones de la Joven Guardia la que nos aturdía los domingos por la mañana, mientras mamá estaba en la iglesia y él nos servía el desayuno en el patio donde nosotros pisábamos con delicia la arcilla fresca con la que trabajaba.

Y aunque Nina anticipaba esa ignorancia, cuando lo vio, una semana después, esperándola a la salida del estreno, no pudo reprimir una sonrisa de satisfacción. Lo distinguió enseguida, a pesar de que la salida de los Carruajes estaba llena de gente. Él andaba con un amigo, Mario, un tucumano bajito y atildado que se presentó como periodista y bailarín de tango amateur. Le pareció que Fabio estaba incómodo en ese traje gris y esos zapatos que parecían recién comprados en una liquidación de Once, como salido de un anuncio de vermut de los cincuenta. Además, el otro, que se veía tenía vocación de gracioso, no paraba de hablar. Al final de un largo parlamento que había empezado con los cumplidos de rigor y pasado por una serie impertinente de anécdotas sobre los grandes papelones del tango, el tucumano dijo:

—Vinimos a invitarla a un lugar.

Nina ni siquiera lo miró.

—¿Qué pasó? Te trajiste refuerzos, por las dudas.

—No le hagas caso. Es mi guardaespaldas, aunque habla como político.

—Callate, che, que estamos de incógnito.

Nina miró al grupito de funcionarios empolvados que la esperaban entre los demás bailarines para ir a festejar, se autopredijo una noche de bostezos y demasiado champán y prefirió arriesgarse. Mientras subía al Chevrolet polvoriento de los dos muchachos, sacó de su galería infantil la mejor de sus sonrisas de desprecio y sacudió la mano en señal de despedida a sus frustrados admiradores de turno.

Imagino que su historia está llena de manchones y pasadizos, porque se ve que hay aristas que Nina ha querido evitar. Su voz se ha detenido en marcas azarosas, imágenes que su memoria astuta, protectora, hace y deshace. Ha hablado para sí misma, trastocando las estaciones, retrocediendo y adelantando el relato como si fuera una cinta. Más de una vez he tenido que hacerla volver a lo que me interesaba, detenerla en un detalle, en una imagen, clarificar las fechas y los lugares.

O tal vez sólo a mí —despierta en el living de este departamento que huele demasiado a nuevo y no me deja dormir— el relato me parece pequeño; tal vez por eso lo repito en mi cabeza, tal vez por eso me empeño en no reconocer que el relato que abarca meses en la vida de mi padre pueda quedar reducido a una colección de miniaturas, pequeñas anécdotas como medallones, decoradas por Nina con dedicación de años. Por ejemplo, de ese episodio, de ese segundo encuentro, Nina recuerda sobre todo la conversación en la oscuridad, la borrosa parada en el camino, en algún lugar de Parque Patricios. El tucumano bajó a arreglar sus contactos y los dejó solos en la vulgar intimidad del auto. El barrio desconocido y la repentina cercanía aumentaron la sensación de pequeño misterio que Fabio le había transmitido desde la primera noche y que seguía presente en el diálogo rápido y fluido. Su voz parecía no venir de ninguna parte, ni siquiera podía ver sus ojos por el espejo retrovisor.

Y sin embargo, él no parecía incómodo. Al contrario, le hablaba como si la conociera de toda la vida. A Nina nada le pareció más sospechoso que esa prematura sinceridad y desde la primera palabra decidió que no creería nada de lo que él dijera. Para empezar, ¿cómo podía creer que alguien tan joven —que además se movía como si recién hubiera dejado la escuela— estuviera casado y tuviera dos hijas pequeñas? Supuso que con esa mentira él trataba de salvar la evidente diferencia de edad entre ambos, un esfuerzo de principiante por hacerse con un pasado que él juzgaba interesante y, en la misma movida, dejar torpemente asentado que no pensaba comprometerse.

No deja de ser irónico que a mi padre nadie le creyera nada, aun cuando dijera la verdad. No lo hacía mi madre, que adivinaba cada una de sus infidelidades con precisión de espiritista. No lo hacían sus amigos, que cuando anunciaba una exposición en una galería asistían vestidos como si fueran a un picnic, o su familia, que aparecía y desaparecía en agrias navidades. Como tampoco le creeríamos nosotras, convencidas demasiado pronto de que sus prometidas visitas al Italpark se transformarían seguramente en un asado en casa de algún conocido, en el que nos resignaríamos a arrojarles quinotos a unos improvisados compañeros de juego en una quinta de Del Viso.

Sé muy bien que las palabras eran su única justificación. No se trataba tanto de que inventara excusas brillantes como de que sus monólogos lo tenían a él mismo como primer y fascinado auditorio. Se empalagaba con las palabras. Había algunas que se le instalaban y pasaban a ser como una etiqueta. Períodos enteros de su vida podrían haberse marcado por las palabras que usaba.

A Nina le tocó la palabra "ecléctico", con la que él debía creer que salvaba lo que otros hubieran llamado directamente ignorancia o mal gusto. Pero a ella le pareció graciosa la definición del muchacho que fumaba y hablaba sin parar, mientras en cada una de sus frases la arrogancia se teñía de ingenuidad. Presentándose como un conocedor musical, igualaba todos los géneros y estilos e inmediatamente pasaba a argumentar sobre la validez del Centro Juvenil de Búsqueda de Ovnis.

Todo eso ella lo recibía como el lance de un chico algo malcriado, que todavía vivía con sus padres y malgastaba el tiempo en la lectura, la bebida y la música y trabajaba sólo de vez en cuando para pagarse las salidas. De todos modos, pensaba Nina, había sido ingenioso, había sabido barnizar con habilidad de guionista su trabajo de albañil. En algunos minutos casi había logrado convencerla de que durante la mañana levantaba paredes y durante la tarde estudiaba nada menos que con Roberto Fiore. Comparadas con la estudiada seguridad de Armando, parco y ceremonioso como una función de gala, las mentiras de Fabio le parecían sencillamente saludables, como un domingo de sol en la costanera.

Estaban riéndose juntos de las revistas *Pinap* que había desparramadas en el piso del auto, cuando reapareció Mario con un tipo alto y rubio, vestido con una camisola hasta las rodillas. Parados en el umbral de la casa, estuvieron hablando todavía un rato más, murmurando con una complicidad idiota que Nina recordaría mucho tiempo después.

—Todo arreglado —dijo Mario cuando subió, disfrutando con anticipación del suspenso que generaban sus palabras.

—¿Me van a decir de una vez adónde vamos?

—Eso lo arruinaría todo.

—Te va a gustar. La idea fue mía, pero Mario hizo los contactos.

—Tendríamos que vendarle los ojos para que fuera una sorpresa total.

—Eso sí que no.

—Igual no se va a dar cuenta hasta que lleguemos. Vamos a entrar por la puerta de atrás. Ya no quedaban más entradas y el albino me arregló un pase con los del vestuario.

—¿Otro teatro? Me parece demasiado para mí en una sola noche.

—No, Nina —y aquí Fabio debe de haber bajado sutilmente la voz—. No vamos a un teatro. Pero, creéme, es como si fueras al ballet.

Entraron cuando la pelea ya había empezado. A pesar de que el Luna Park estaba lleno, el tucumano —que se la pasó saludando gente y haciendo cuentas en una libretita— les había conseguido lugares en la primera fila. Para su sorpresa, Nina se sintió instantáneamente cómoda, aunque estaba tan cerca de los boxeadores que podía oír los golpes como si estuvieran amplificados por un micrófono.

En el primer round pudo ver poco, concentrada en los movimientos de los pies como si la pelea se tratara de un dúo precisamente sincronizado. Se preguntó de qué estarían hechos esos botines para que los tipos se movieran con tanta agilidad pero apoyando toda la planta del pie. Ese cuero duro y flexible le hizo acordar a la frase de Balanchine sobre las zapatillas de punta. Siempre le había parecido raro que las comparara con las trompas de los elefantes y, sin embargo, viendo los rápidos movimientos de talones de los boxeadores la analogía cobraba finalmente sentido.

Como si hubiera leído en una mala traducción el camino de su razonamiento, Fabio se le acercó y le contó sobre la frase famosa de Mohamed Alí, que subía al escenario pensando que iba a bailar. Ella se quedó quieta, el cuello casi contracturado, sintiendo el contacto con su aliento, una mezcla de tabaco negro y un fondo de vainillas.

En el tercer round, un derechazo directo a la mandíbula del americano sonó a cerámica partida: un ruido seco y definitivo. Nina se quitó el saco de hilo y apoyó su brazo en el borde de la butaca. Fabio seguía inclinado hacia ella. No parecía impresionado, al contrario, le contaba ahora de otra pelea en la que Monzón no le había parecido tan bueno hasta que se había fijado, no en los movimientos corporales, sino en la cara. Había llegado a la conclusión de que la furia que Monzón traía en la cara era tan pesada que necesitaba de un balance para mantener el equilibrio o de otro modo se iría de boca. Por eso necesitaba moverse con precisión, con delicadeza de milímetros.

La forma en que balanceaba el torso era algo natural, inevitable, nada tenía que ver con la técnica ni con el entrenamiento; era la única manera de hallar un contrapeso para que la cabeza no se le desbandara. Sólo hacía falta mirarlo en detalle para notar que si no balanceaba el cuerpo de esa forma, ya le hubiera puesto un cabezazo brutal al pobre tipo. Ella rió con ganas. Fabio puso una mano calculada sobre su cuello y siguió con la descripción del estilo de Monzón: giros pequeños que marcaban músculos inadvertidos, variaciones ínfimas en la inclinación del talón, era eso lo que a Monzón lo hacía parecer una especie de bestia elegante, esa cualidad era la que un periodista americano había llamado ingenuamente "solidez de ídolo inca". Pobre Carlitos, nadie entendía que esa elegancia era una necesidad diferente, obvio que no lo entendían, si hasta por peruano lo habían tomado en Las Vegas.

Nina escuchaba y asentía, no porque estuviera de acuerdo, sino para seguir sintiendo el monólogo caliente en su cuello, las palabras hurgando cada vez más cerca de la intimidad del oído. En realidad, todo el espectáculo le parecía artificial, como si se tratara en verdad de una coreografía desarrollada en quince actos de minimalismo, por eso el sonido de los golpes la sobresaltaba, como si marcaran los momentos en los que la improvisación arremetía bruscamente sobre el previo plan de sincronías.

Fabio le dio explicaciones técnicas durante toda la pelea, tratándola como a una niña. Si cada una de sus frases era calculada (como a ella le hubiera gustado creer), lo cierto es que ejecutaba su mentira con tal entusiasmo que el acto resultó absolutamente desarmador para su acostumbrado escepticismo. En el quinto round, ella ya se había sacado una por una todas las orquillas del rodete y apoyaba su cabeza sobre el hombro de Fabio, disfrutando con igual intensidad del roce de su propio pelo sobre sus brazos desnudos, de los gritos, del olor a sudor y, sobre todo, de los comentarios que él susurraba con la boca casi apoyada sobre su frente.

Para el noveno round, cuando Monzón tambaleó y se detuvo en el aire como un friso a medio pintar, Nina también aferraba con urgencia el brazo de su acompañante, absolutamente concentrada en el movimiento de los cuerpos, en el abrazo intermitente con el que los boxeadores demoraron el final durante el resto de los asaltos.

Salieron lamentando el resultado. Mario los seguía, redundante como un libro de secundaria. Mientras ella compraba un copo de azúcar para aliviar los músculos de la cara que le dolían de tanto reírse, ellos dos arreglaron —previo intercambio de llaves— la desaparición del tucumano. De modo que pronto se quedaron solos, caminando entre los arcos de la avenida.

—El tipo tiene una cara como para un busto, ¿no?

—¿Un busto? ¿A quién se le ocurre? Sería un desperdicio no incluir el cuerpo.

—Se ahorra material. Además es más fácil de vender.

—¿O sea que lo pensás como un negocio?

—No, no como un negocio pero a veces se me ocurren esas ideas. ¿Qué tal si lo vendo a la Federación de Box? Tienen un Hall de la Fama. Y este tipo va a ser famoso de los de verdad, más que ahora, te apuesto lo que quieras.

Proyectos. Así funcionaba mi padre, miles de proyectos se instalaban en su mente con fuerza de promesa y luego languidecían ahí durante años. Estoy segura de que si hubiera vivido el tiempo suficiente, hubiera perseguido a Monzón hasta la cárcel con la idea de hacerle un busto que nunca se concretaría pero que al menos podría transformar en una película para contar a los amigos.

Lo importante es que en esos primeros diálogos Nina ya había colocado a Fabio en el lugar que necesitaba y nada, ni los indicios más evidentes —como ella misma reconoce—, lograría hacerla cambiar de opinión. Para ella, él no era más que un muchacho transparente. Y, por eso, lo que más le gustaba de él era esa mezcla de seguridad pretenciosa con momentos de imprevista ingenuidad. Como esa manera obvia de deshacerse de Mario pero asegurándose primero las llaves del bulín, al que la condujo dando rodeos, deteniéndose en cada escaparate hasta entrar en la pizzería más berreta de Buenos Aires.

La comida le pareció penosamente larga, se sorprendió a sí misma anticipando en cada frase el momento en el que él finalmente se animaría. Pero lo de Fabio eran definitivamente las palabras, porque todo lo demás lo demoró hasta llegar a la esquina del departamento, donde lo asaltó una torpeza de colegial que le enredó las manos en los lazos de su vestido y que tuvo que subsanar con un beso apresurado, de galancito de Migré.

Sin embargo, todo —incluso ese beso de telenovela— lo hacía con igual aplomo, con un convencimiento feroz. Desde esa noche, la sorpresa fue para siempre un tácito acuerdo entre ambos.

Nina simplemente lo dejaba hacer, cínicamente divertida por sus esfuerzos. Le encantaba esa manera que tenía de hacer las cosas sin preámbulos. Como la vez que la arrastró por todos los barrios en busca de un café que ya no estaba allí o la noche en la que insistió en subir a la terraza del edificio porque quería ver su cuerpo iluminado por los relámpagos.

Es cierto que las fechas no concuerdan. Julián mismo me lo hizo notar ese segundo domingo, encantado de hacer gala de su conocimiento deportivo y de contener mis arrebatos indagatorios: en esos años Monzón ya no peleaba en Buenos Aires. Tal vez Nina se confunde. Tal vez no fue con mi padre a ver esa pelea, tal vez fue con otro hombre, en otro tiempo. O es otra la pelea. No lo sé. Qué importa. No es la exactitud de las fechas lo que busco. Es el espesor del recuerdo lo que me importa, esa cualidad de las imágenes que se extiende como una emulsión hasta cubrirlo todo, incluso las fechas inexactas, incluso las mentiras.

Nina y mi padre se vieron durante casi todo el tiempo que duró la gira de Armando por Italia y la relación continuó a pesar de los tres meses que ella pasó en Niza, leyendo revistas mientras Armando se

dedicaba a hacer contactos. A la vuelta, la ciudad le
pareció más vieja, como si todo pasara en cámara
lenta, como el otoño mismo que en Buenos Aires se
alargaba más y más. Pero ahí estaba Fabio, que tenía
la virtud de acelerarlo todo, y Nina —que nunca
pensó que la relación duraría más que unos meses— se encontró viéndolo cada vez más seguido.
Siempre en el departamento de Juncal, después de
los ensayos. Ella nunca quiso llevarlo a su casa, no
por miedo a ser descubierta sino porque no quería
que el muchacho participara de su rutina artificiosa.
Por la misma razón, le había prohibido aparecer por
el teatro ciertos días, cuando era más probable que
chocara con algunos de los iluminados del *under-*
ground porteño. No quería ni pensar lo que hubiera
sido ese encuentro. Por eso había establecido reglas
estrictas: pocas llamadas telefónicas, mensajes escritos que su portero entregaba con discreción, algunos
puntos de encuentro en las márgenes de la ciudad.
Varias veces lo dejó plantado por un cambio de planes de último momento; por alguna reunión más interesante o porque simplemente había decidido quedarse todo el fin de semana en el campo de sus
padres en Coronel Suárez.

Sin embargo, a pesar de sus precauciones, cuando
se veían él era quien parecía tenso, inquieto, como si
lo persiguieran. Ése —piensa ahora convencida de
que los años le dan la lucidez que le faltó entonces—
fue uno de los primeros síntomas a los que debió
haber prestado mayor atención. A pesar de que a
Fabio le encantaba deambular por la calle, siempre
lo hacía en un estado alerta, de permanente vigilan-

cia. Nunca se veían dos veces en el mismo sitio y él daba rodeos inexplicables para llegar a los lugares de encuentro. Usaba lentes oscuros todo el tiempo. No hablaba nunca de su familia o de su pasado. Una vez se encontraron con una amiga de él en la calle Corrientes (una muchacha rubia, agresiva) y Nina lo sintió, por primera vez, asustado, inexplicablemente nervioso. A veces se veían tardísimo, cuando él regresaba de unas reuniones misteriosas con sus amigos. Más de una vez le hizo recorrer la ciudad de punta a punta descartando bares o restaurantes apenas cruzado el umbral porque había visto alguna cara amenazante. Al principio ella pensó que era sólo incomodidad o que él anticipaba su propia preocupación de ser vista. Pero luego se dio cuenta de que se trataba de otra cosa.

El segundo indicio que había decidido ignorar era el departamento mismo. Pequeñísimo: un solo ambiente en el que la cama enorme estorbaba el modular que contenía botellas de todos los tipos. Las luces amarillas y los alfombras naranjas completaban el mal gusto de las paredes y los muebles recubiertos de madera oscura. No había ropa en el placard, apenas un par de perchas con sacos de distintos tamaños. Un Wincofon en el que sonaba eternamente Roberto Carlos completaba la precaria decoración.

Y sin embargo, ella presentía que se trataba de algo más que de un bulín compartido por quién sabe cuántos amigos. En la cocina había una alacena que estaba cerrada con llave permanentemente. Todo estaba siempre impecable, a excepción de algunos días, generalmente los jueves, cuando encontraban colillas de cigarrillos rebalsando de los dos ceniceros de vidrio, decenas de vasos sucios y restos de comida comprada en la rotisería de la esquina. Cuando Nina trataba de indagar qué clase de reunión se llevaba a cabo en esos días, Fabio la eludía hábilmente con chistes sobre Mario y sus orgías con chicas de *Pinap*.

Pero todo eso Nina lo percibía vagamente, como si le pasara por el costado de la mente. Su vida con Fabio era un paréntesis diminuto que suspendía la angustia por las llamadas de larga distancia que no recibía, que enmudecía la opinión de sus compañeros y las reuniones familiares donde su padre se deshacía en pomposas advertencias sobre el baño de sangre que se avecinaba. Las noches en el departamento de Juncal se resumían en un ronroneo interno que repetía para sí misma: "si supieran, si supieran". Pero nadie sabía nada. Alguna sonrisa de más, algunas llegadas tarde, una desacostumbrada amabilidad en medio de un ensayo era todo lo que se permitía. Nadie descubrió en esa nueva efervescencia la aventurita con un joven aspirante a escultor que exageraba sus virtudes hasta el ridículo, que todo lo acallaba con su entusiasmo, que le devolvía, como un espejo invertido, la imagen triunfal de su Isadora privada.

Para mi padre, en cambio, sé que esa época significaría el comienzo de su carrera. Hacía meses que venía planeando su primera exposición en una pequeña galería del centro. Ya había tenido algunas muestras pero sólo en centros culturales de la provincia, de modo que esta vez sus nervios tenían alterada a toda la familia. Pasó meses eligiendo las piezas, que en realidad eran unos grabados en metal y sus primeras esculturas en arcilla, en su mayoría ejercicios, formas abstractas que se desparramaban por el pasillo de casa hasta llegar al patio, donde mamá las exiliaba junto a las macetas y a los enanos de jardín.

Nina lo oía describir cada una de las esculturas como si fueran cosas vivas. Le contaba cómo *Ejercicio de pataleo*, a pesar de ser una esfera de arcilla deformada, agredida desde dentro por decenas de pies que se esforzaban inútilmente por romper la membrana, había crecido tan pacientemente como un aloe vera, en horas y horas de bocetos, durante más de nueve meses; mientras que otras, como *Muchacho peronista* —un endeble rectángulo de madera sobre el que había montado tres cabezas grotescas— había nacido y crecido en un solo día, como una explosión de bronca.

Siempre cargaba sus dibujos y bocetos en un bolso de cuero marrón que usaba cruzado como una bandolera. Nina los había repasado infinidad de veces, esparcidos sobre la cama, mientras tomaban cerveza esperando que la tarde claustrofóbica diera paso a la noche.

A él le encantaba interrogarla sobre el ballet. Le hablaba como si los dos se dedicaran a lo mismo, para él bailar era credencial suficiente para poder opinar sobre plástica, música o literatura. Su brillante teoría del arte se resumía en un común denominador que unía "magia y sensibilidad" como si se tratara de una cualidad superior que sólo algunos poseían.

Cuando vio por primera vez los bocetos, Nina quedó ligeramente impresionada pues no esperaba que Fabio tuviera en verdad la disciplina para encarar un proceso creativo. Esa tarde hablaron de las posiciones de ballet y las horas de trabajo que se necesitaban para que cada movimiento se ensamblara luego en un grafismo fluido. "Ves —le dijo él—, es lo mismo que hago yo, todo pasa primero por el papel." Y luego sacó sus carbonillas e intentó dibujarla, con lo cual arruinó la buena impresión que habían logrado sus borradores, porque mi padre nunca fue bueno para la copia y el resultado fue una Nina tosca, inerte, sin ningún parecido, que terminó aplastada por sus cuerpos desnudos, entre carcajadas y empujones.

Durante meses, Nina siguió ignorando las señales que luego le parecerían tan evidentes. Es cierto que Armando había vuelto y los encuentros con Fabio se habían espaciado de acuerdo con las visitas del tenor. Tal vez ese vaivén entre los dos fue lo que la distrajo, pero de todos modos ella cree que fue una ingenuidad no haber percibido antes la verdad. Sobre todo luego de lo que pasó en el departamento.

Recuerda que era un viernes porque volvían del cine y los viernes siempre se veían en el cine de Santa Fe. Anochecía. Iban discutiendo. En cuestiones de ropa y de películas nunca se ponían de acuerdo. Fabio llevaba la botella de sidra que acababan de comprar y, concentrado en enumerar los defectos de la actriz, no vio salir del edificio a los tres tipos que se metieron en un auto estacionado en la esquina. En cambio, Nina los recuerda bien porque salieron casi corriendo, uno de ellos llevaba un bolso que parecía pesado.

Cuando llegaron al departamento, encontraron la puerta sin llave y todo en absoluto desorden: la alfombra manchada con un líquido oscuro, la alacena de la cocina vacía y abierta de par en par. En el baño, se oía correr el agua de la pileta. Fabio trató de minimizar la cuestión aunque se puso a dar vueltas por el departamento, yendo y viniendo entre las dos ventanas, hablando todavía más rápidamente, revisando uno por uno los pocos cajones del mueble de la sala. El ruido del ascensor lo paralizó. Apagó la luz, la tomó de la cintura y la empujó hasta el hueco que dejaba la puerta como si estuviera ensayando la parodia de un policial. Los pasos en el corredor siguieron de largo y él aflojó el abrazo. Encendió las luces un segundo, apenas para que ella buscara su bolso y luego la arrastró hasta las escaleras.

De nada sirvieron sus preguntas ni sus sugerencias. Ni bien estuvieron protegidos por la penumbra de un bar cercano, Fabio se dedicó a emborracharse sin oír razones, no quiso saber nada de llamar a Mario, mucho menos a la policía. Lo más probable —le dijo— era que alguno hubiera dejado la puerta abierta y el encargado o cualquiera de los que trabajaban en el edificio hubiera visto la oportunidad de hacerse con... lo que fuera que guardaban en ese gabinete. Terminó admitiendo que no tenía idea de lo que había pasado, que Mario tenía unos amigos muy raros y que, aunque probablemente todo no era más que una mala broma, más les valía no volver al departamento.

Harta de sus explicaciones incoherentes, Nina lo dejó hablando solo y se metió en el primer taxi que encontró.

La verdad es que mi padre hizo lo suyo para distraerla de ese episodio: montó todo un espectáculo para el que primero generó su correspondiente suspenso. Nina pasó más de una semana sin noticias de él. Unos días inundados de hipótesis que la prepararon para el reencuentro, días en los que el episodio del robo empezó a desaparecer, arrinconado por las tardes de "Sábados Circulares" y las noches en *boîtes* de las que volvía con dolor de garganta.

Una tarde, cuando la ansiedad empezaba a suceder al enojo, Nina encontró el pasillo de su edificio, desde el ascensor hasta la puerta de su departamento, cubierto de gladiolos de un naranja espantoso. Fabio estaba en el descanso de la escalera, vestido con unos pantalones del mismo color, una camisa floreada y un chaleco amarillo sobre el que el morral se destacaba como sobre un uniforme. Una sonrisa teatral y su eterno cigarrillo completaban el espectáculo.

—Me vas a tener que invitar a entrar, mi amor, si no me voy a morir de *flower power* enfrente de tu casa.

—Sabés bien que no tenés que venir por acá.

—No me vas a decir que preferís perderte mi *happening*. ¿Cuándo te van a dedicar otro? Ni a las pibas del Di Tella les pasan estas cosas.

—El color es espantoso. Y esas pilchas, por favor, Fabio, yo con vos no voy ni a la esquina.

—Por eso digo, no te queda otra que dejarme pasar.

—Armando puede venir en cualquier momento.

—¿Y qué? Ya lo calculé, de tu balcón se salta fácil.

Además tengo unos dibujos nuevos que te quiero mostrar. Hasta saqué fotos de las piezas para que me ayudes a decidir. Mirá que falta muy poquito para la muestra, eh.

—Pedazo de loco. Vas a tener que llamar a Orientación Juvenil porque a casa no vas a entrar.

Pero, según Nina, Fabio no sólo entró a la casa sino que se instaló allí todo el fin de semana.

Para Florencia y para mí, aquella fue la más larga de sus frecuentes escapadas. A veces no venía a cenar, llamaba para cancelar salidas o se olvidaba de ir a buscarnos a la escuela. Una vez nos dejó a las dos olvidadas en el cumpleaños de una compañera. Mamá intentaba justificarlo con encargos o trabajos en el interior aunque nunca lograba disimular del todo su bronca.

En cambio, mi padre nunca se preocupó demasiado por la verosimilitud de sus excusas. En su versión corregida y adaptada, la historia de su "desaparición" era una de sus favoritas. Le gustaba repetirla en las comidas familiares. Mi hermana y yo no nos cansábamos de escucharla. Nos encantaba. Mamá la oía con los ojos fijos en el plato y una sonrisa desenfocada. Creo que él ni siquiera lo notaba, contándola se sentía parte del misterio universal que de vez en cuando toca de cerca a los ciudadanos más comunes, se llamen Fabio Gemelli o Agatha Christie.

Lo que importaba para él era que había entrado en la lista de los pocos privilegiados que podían contar en su anecdotario personal con un fin de semana de paradero desconocido. Según él, había pasado la tarde discutiendo los bocetos con Fiore y no habían podido ponerse de acuerdo. Papá se había marchado enojadísimo porque su maestro le había dicho: "Andá nomás, vos y tu soberbia, me tenés cansado con esa idea del arte con mensaje. ¿Por qué no te das una vuelta por el cementerio, así ves adónde te va a llevar esa idea? Ángeles de piedra y mierdas conmemorativas. Eso vas a terminar haciendo". Lleno de rabia, se había comprado una ginebra y se había tomado el primer colectivo que había pasado hacia el centro, en el que se había quedado completamente dormido. Lo había despertado el chofer en la terminal, cuando ya atardecía y estaban estacionados en la puerta del Cementerio de la Recoleta. Convencido de que se trataba de una maldición de su maestro —que ya por entonces se decía tenía ciertos vínculos con el mundo esotérico— y animado por la Bols que todavía llevaba en su morral, entró por la puerta que daba directamente a los mausoleos y a las criptas.

Deambuló por los pasadizos estrechos, leyendo las inscripciones en las placas, sonriendo ante las torpes dedicatorias, conmovido por la torpeza de esas pequeñas esculturas de mármol y yeso, querubines y flores más muertas que los muertos que velaban, artesanías dolorosas que le parecieron la obra cumbre de anónimos orfebres, cinceles en la oscuridad de un oficio aprendido como un disco rayado: la triste tarea de dignificar la muerte de la gente común.

Cuando ya estaba lo suficientemente desorientado como para no acordarse ni de qué colectivo tenía que tomar para regresar, se detuvo frente a la tumba que estaba destinado a ver. Era un mausoleo de piedra, de los más grandes del cementerio. En la puerta había una estatua de tamaño natural de una chica, vestida con jeans, botas y una mochila en la espalda. En una pose extraña, la mitad de la cara miraba al pasillo mientras su cuerpo enfrentaba, con el brazo en alto, a una montaña de barro, petrificada por el escultor en el momento preciso en que se abalanzaba sobre ella.

A mi padre la estatua le pareció un absurdo absoluto y no pudo contener la burla que la ginebra transformó rápidamente en cinismo. Por más que se esforzaba no podía entender quién gastaría todo su dinero en eternizar en bronce el momento de la muerte de una adolescente. La placa aclaratoria lo hacía todo aún más ridículo, consignando no sólo las fechas de rigor sino una triste necrológica: resaltaba, como si no bastara con la escultura, que la tal Natalia había ido de misionera cristiana a Mendoza y había muerto aplastada por un alud de barro en una excursión.

Estaba a punto de irse cuando escuchó la risa. Era clara y burlona, pero no siniestra. Pensó que eran niños que habrían decidido arriesgarse a una noche en el cementerio, hartos de tantas películas. Pero la risa venía de adentro, le llegaba desde las puertas de hierro del mausoleo. Sin pensarlo, bajó las escaleras. Cuando llegó abajo, las puertas se cerraron de golpe. Ni siquiera tuvo que volver a subir para comprobar que estaba encerrado: allí estaba ella para decírselo, sentadita sobre la tapa del cajón, despeinada, la mochila a un lado, todavía riéndose de él.

Según mi padre, el fantasma lo tuvo dibujando sin parar hasta el domingo, cuando uno de los cuidadores pasó lo suficientemente cerca de la puerta como para oír sus gritos y lo liberó. A Florencia y a mí nos encantaba escuchar la historia una y otra vez, sobre todo antes de irnos a dormir.

Papá cambiaba siempre los detalles, se extendía en los preliminares y en teorías artísticas que nosotras no comprendíamos, absolutamente concentradas en el momento de la aparición. Pero lo más importante para él eran esos detalles —la discusión con Fiore, su vagabundeo entre las tumbas insignificantes— hasta llegar al momento de la revelación. El propósito de la historia misma era contar que en esos dos días de encierro, en los que lo único que había podido hacer era pensar, escribir y dibujar hasta quedarse sin carbonilla, había nacido el proyecto al que dedicaría el resto de su vida.

Claro que en la versión de Nina ella no desempeñaba el papel protagónico que él le había asignado, aún torpemente disfrazada de fantasma adolescente. Supongo que Nina nunca supo que, para mi padre, ella había pasado a representar una especie de símbolo de su teoría del arte.

Para ella, esos dos días de imprevista intimidad no significaron más que un pequeño momento de triunfo condenado a diluirse en la larga historia de malentendidos que le seguiría. Según Nina, ese fin de semana no incluyó ginebra (pues ella nunca tomaba nada que no tuviera burbujas) sino champán, además de las persianas bajas para conjurar no a los fantasmas sino las miradas indiscretas de los vecinos.

También hubo flores naranjas que en verdad parecían de cementerio, algunas horas de frenéticos bocetos, un corto paseo por la Recoleta, largas conversaciones en un tiempo suspendido como las ropas esparcidas por todo el dormitorio y el teléfono desconectado permanentemente, algo que dejó a Armando irritado y sorprendido durante todo el fin de semana.

Y, sin embargo, a pesar de su tono irónico, creo que en esos dos días Nina entrevió algo de la importancia que ella había cobrado para mi padre porque ella —que en ningún momento se había tomado muy en serio el tema de la exposición— de pronto decidió no sólo que iría a la inauguración, sino que hasta pensó en introducir al muchacho en el círculo de sus amigos artistas.

Pienso que ese gesto no significaba, como cualquiera podría creer, una inversión en el talento de Fabio (que ella seguía considerando incipiente) sino una manera de rendirse a su entusiasmo. Nina de pronto se encontró actuando de "mecenas espiritual" —como le gusta decir a lo largo de todo el relato—, disfrutando por primera vez de esos pequeños riesgos que Fabio había traído consigo.

En la caja de libros y fotos que me prometo acomodar todos los días, aparece *Rayuela*, aunque yo lo hacía en el fondo, bien enterrado entre las fotocopias de la facultad. El libro está amarillo e hinchado de humedad. Lo huelo: casi parece conservar el olor a aguarrás y cigarrillos del taller de papá, o tal vez es una ilusión que produce la mancha de pintura en la contratapa, una superficie apenas grumosa, la huella de dos dedos que un día resbalaron por el lomo embadurnados de celeste. Lo abro y esta vez no es la dedicatoria (que he memorizado desde que la leí por primera vez a los trece años) sino la nota en la segunda página la que detiene mi mirada. Se habla de los encuentros casuales de Oliveira y la Maga. En el margen superior, la letra nerviosa de Liliana Fiore ha escrito "Vos no. Estoy segura de que vos siempre me perseguías". Nina jamás podría haber dicho algo así, Nina parece haber conocido a otro Fabio, ése que siempre se salía con la suya. Igual que mamá, igual que yo. En cambio, todavía pienso que Liliana no ha dudado nunca, que su Fabio es único como es única su voz, ácida, certera en cada uno de sus comentarios. Sus anotaciones van desde la didáctica torpe (al comienzo del capítulo 62: "Para que ya no me vengas con tus explicaciones psicológicas", o capítulo 41, debajo de Lévi-Strauss: una flecha y "leelo, está bueno") hasta reconvenciones sobre la estilística amatoria (a comienzo del famoso capítulo donde se habla de sexo usando el guíglico: "Esto apesta. Mejor Miller o Lawrence o mejor callarse"). No. Liliana no era como las otras. Desde chica la he pensado —la pienso, todavía— diferente: una a la que Fabio Gemelli no hubiera podido (querido) entrampar.

Porque ni siquiera Nina, con ese carácter tan fuerte, logró resistir por mucho tiempo los trucos de mi padre. Aun sintiéndose un poco incómoda, avergonzada, como una chica demasiado crecida protagonizando una canción de Sui Generis, Nina se entregó por entero al proyecto artístico de Fabio Gemelli. Lo acompañó varias veces a la galería, donde se divirtió viéndolo dar órdenes a jovencitas impresionadas y perder el tiempo con los amigos, colaboradores sin puesto demasiado claro: fleteros, custodios, aduladores.

El día de la inauguración —de un calor inusual, insoportable para el mes de septiembre— Nina se levantó con el conocido cosquilleo de un día de estreno. Qué era lo que se estrenaba, ella lo sabía bien, sabía que Fabio había estado esperando secretamente ese día porque ella también sería parte de la exhibición y, absolutamente consciente del efecto esperado, decidió pasarse la tarde en la peluquería.

Ahora hasta le parece ridículo saber que sin ese gesto de coquetería las cosas hubieran sido muy diferentes. No se entretiene mucho en pensar —o tal vez miente, tal vez ahora más que nunca lo piensa, con la insistencia que imponen los años— qué hubiera pasado si ese día no hubiera decidido teñirse además de peinarse, si no hubiera decidido pasar una tarde completa de autoindulgencia debajo del secador de Noly, qué hubiera pasado si Noly no hubiera estado hosca y malhumorada porque sospechaba un embarazo y porque encima la manicura no había venido a trabajar ni había llamado siquiera, si Noly hubiera estado como siempre, como recién salida de una publicidad de jabón, rebosante de consejos de belleza y chismes de desconocidos que hacían las delicias de Nina, hundida en el cariño del agua y la espuma. Pero no. Esa tarde, Noly estaba callada y apurada, porque estaba sola y la peluquería estaba repleta de viejas y muchachitas que se preparaban para el fin de semana, unas ya vestidas con sus galas, otras en puro poliéster y algodón vespertino.

O tal vez fue ella la que no quiso entretenerse con la charla mullida de las chicas, suspendidas en el presente continuo del spray y el esmalte rojo que nunca pasa de moda. Tal vez había sido ella la que había preferido la modorra peligrosa del secador que le permitía perderse en las imágenes de la noche anterior o anticipar las de la noche siguiente, cuando el cuerpo asombrosamente delgado de Fabio la despertara sobresaltada, o tal vez ahondar un poco en el placer que le producía el incipiente sentimiento de culpa por Armando, comiendo solito en el Solar del Virrey, contrariado porque el teléfono sonaba y sonaba en su departamento vacío.

Cuando se sentó debajo del secador con el pelo entoallado, lista para esa cápsula espacial que era seguramente la génesis de las mejores ideas de las niñas de Barrio Norte, estiró en simetría con las otras cuatro féminas de la fila la mano hasta la manoseada pila de revistas, hundiéndose en el calor de las imágenes, mientras oía que su vecina se quejaba muy fuerte de que Noly siempre tenía revistas viejas, en donde "no salía nada de Violeta Rivas". Nina todavía alcanzó a oír la contestación rápida de Noly (que enredaba bigudíes en una pelirroja conversa) —"No te quejés, Martita, qué te creés, que esto es un quiosco, si querés leer traete un libro, que mal no te va a hacer"— antes de bajar los ojos hasta la revista *Gente* que ya tenía en el regazo, a la que le faltaba la tapa pero que seguramente debía ser bastante vieja por-

que hablaba del Retorno: traía la foto de Perón do-
lorosamente humano con su pesado sobretodo y su
anillo de casado, sorprendido por el fotógrafo mientras caminaba por la avenida Córdoba junto a López
Rega que le sostenía el poncho con la mirada desvia-
da y la sonrisa confusa de un perro carcelero.

Siguió pasando las páginas, distraída, el oído un
poco pendiente del diálogo —la tal Martita se seguía quejando, ahora porque tenía un casamiento
al mediodía "y con este calor, te transpiran hasta las
uñas"— mientras Nina pasaba sin ver las fotos de la
casa de Perón en Vicente López, porque en realidad
su cabeza estaba ya perdida en una cuidadosa revi-
sión de su placard, alternando combinaciones de zapatos y carteras, acordando mentalmente que en verdad, sí, el tiempo estaba demasiado caluroso para su
vestidito turquesa de crepé, aun cuando la inauguración fuera de noche; debería usar el negro, total el
negro siempre iba bien, aunque tal vez fuera muy
formal para el evento, después de todo, andá a saber
qué se ponía el loco de Fabio, tan convencido de que
su muestra era como un pasaje a la fama, por suerte
él nunca usaba esas horribles lociones para el pelo como la del tipo de la foto, esas de pegote espantoso,
que lo que menos hacían era que una pensara que ese
hombre tiene el no sé qué del hombre que sabe vivir;
no, hasta con el pelo demasiado largo para su gusto,
Fabio iba a coleccionar sonrisas, de eso estaba segura
porque lo había visto trabajar en ello toda la semana,
armando y desarmando historias entre las chicas de
barrio que se reían de todos sus chistes aun cuando
era evidente que no los entendían. Chicas que bien

podrían ser las de esa propaganda de Levis, despata-
rradas sobre un sillón de cuero blanco, enfundadas
en pantalones violetas y amarillos, compartiendo entre carcajadas el tubo del teléfono igualmente blanco, tanto como el gato que una de ellas sostenía tre-
pada a la mesita ratona, las tres vírgenes por contacto
del color, por exceso de risa y juventud, habrá pensado Nina, mientras daba vuelta la página y la ser-
pentina de este pensamiento a medio camino entre
la envidia y la simpatía se paralizaba súbitamente
porque bajo el titular TIROTEO, SANGRE Y UNA FIES-
TA EMPAÑADA había reconocido, entre la gente ate-
rrorizada tirada en el piso, entre los músicos de la
Sinfónica escudados en sus instrumentos, el perfil
absolutamente nítido de Mario empuñando una es-
copeta recortada.

Y entonces el mundo entero vaciló, empañado por
la acelerada cadena de razonamientos que, como un
dominó horriblemente claro, le trajo de nuevo la voz
admonitoria de su padre parapetado detrás de los ra-
violes del domingo días atrás, una voz que esta vez la
aturdió con la violencia que sólo tiene la verdad, y las
chicas y Noly y el olor a amoníaco de la tintura desa-
parecieron y sólo quedó la voz, el monólogo agorero
que, sobre un fondo negro, muy negro, repetía "sos
una estúpida, Nina, Nina, cuándo te vas a dar cuenta de lo que está pasando, ¿no sabés que nos la tienen
jurada? A estos negros no los va a parar ni el Pocho,
no, a éstos no los para nadie, te digo que yo sé muy
bien que vivo de prestado cada día, en cualquier
momento me la van a dar, me cruzan un coche cuando salgo de la fábrica y chau, no me ven más, nena,

te lo juro que no exagero, ya viste lo que pasó con Sallustro y pensar que él venía a comer a casa, no me digás que no te acordás, ahora vos decime qué mierda hizo ese tipo, ¿eh? Nada. Laburar. Eso hizo el pobre tipo. Laburar, algo que esos zurditos de mierda no hicieron nunca en su vida, por eso te digo, nena, no podés pensar así, eh, esto no tiene nada de romántico ni de renacimiento, acá no se arregló nada de nada, esto es puro circo, no es nada más que un veranito de San Juan antes de que todo se vaya al carajo, Nina, te lo digo yo que lo sé muy bien, ¿por qué te creés que siempre llevo el 22 en la guantera, eh? A mí no me van a llevar así nomás, no querida, y vos deberías hacer lo mismo, te lo tengo dicho, ya sé que no te gusta que te trate como a una nena, pero ¿por qué no te querés mudar a La Lucila con nosotros? Cuándo me vas a dar bolilla en esto, Nina, vos sola en ese departamento, Armando que nunca está, por favor, ¿no sabés que cada vez que suena de noche el teléfono a tu madre y a mí se nos viene el corazón a la boca, temblamos de sólo pensar que un día vamos a oír tu nombre seguido de una millonada de pesos, no, si te digo que estos tipos quieren sangre y no perdonan, no señor, nos las tienen jurada y van a venir por cada uno de nosotros".

Apenas fue consciente de que Noly gritaba más fuerte que la voz en su cabeza mientras ella corría por la vereda con la bata y los ruleros todavía puestos. Tenía la garganta seca y las manos heladas a pesar del sol ominoso de la tarde y cuando se metió en el ascensor y vio en el espejo su cara agria y desconocida, Nina supo que ya no podría hacer nada para detener las piecitas de dominó que se acomodaban solas, sin siquiera el esfuerzo de un razonamiento mientras lo único que quedaba de la voz de su padre era el ESTÚPIDA inicial repetido como un eco bajo el agua de una piscina al que se sumaban irremediablemente las otras piezas: Fabio eligiendo las calles oscuras, mirando a todos lados cuando tomaban avenidas, todo el tiempo con esos anteojos de sol enormes que ni a Sandro le quedaban bien, eligiendo permanecer encerrado aun cuando el calor los obligara a quedarse desnudos, tendidos de espaldas, turnándose para recibir el aire del ventilador a un lado de la cama, Fabio y sus evasivas, sus mentiras ridículas sobre la esposa maestra jardinera, una bruja tan celosa que podía hacerle un trabajito y dejarlo impotente en un minuto, Fabio y los nombres de sus esculturas, que sólo una ESTÚPIDA podía creer inocentes, Fabio y el bulín de Juncal, transformado ahora claramente en aguantadero, ya ni siquiera importaba si de los montos o de algo peor o de algo mejor, la mentira seguramente había estado ahí desde el primer día, desde el cóctel en la embajada, cuando él había salido a su encuentro desde la nada, con la facilidad que sólo da la premeditación, el plan obviamente diseñado por otros porque a Fabio no le daba la cabeza para eso y ni siquiera era lo bastante siniestro, era tan sólo lo que su padre llamaba "carne de cañón", el chico lindo que necesita cualquier puñado de subversivos, el plan, estropeado esa tarde, cuando obviamente algo había salido mal y encima alguien había botoneado el aguantadero y habían tenido que salir de raje, dejándolo todo insoportablemente claro excepto para ella que seguía siendo una ESTÚPIDA, que no había visto nada, ni siquiera la sangre sobre la alfombra y el agua corriendo en el baño que sonaba dura contra los azulejos, y que también se sumaba a la voz de su padre en el coro insoportable, pero sobre todo la ESTÚPIDA era la Nina que sí había visto a los tres tipos apresurados arrastrando ese bolso en el que no podía haber otra cosa más que armas y mentiras y que solamente una ESTÚPIDA como ella había elegido ignorar.

Cuando llegó a su piso ni siquiera había logrado que las lágrimas aflojaran el dolor de garganta. Tenía los ojos secos. Abrió la puerta y se abalanzó sobre el teléfono como si fuera un salvavidas pero entonces se dio cuenta de que no sabía a quién llamar en realidad, que no sabía si en realidad había alguien a quien llamar y, mientras con una mano buscaba las pastillas en el cajón, dejó que los dedos de la otra se enroscaran solos en el disco en un gesto automático que le pareció eterno hasta que la voz somnolienta de Armando contestó al primer timbrazo.

Me cuesta ver en esa mujer que ha hablado con tanta serenidad (como si me hubiera contado la historia de otra o la película del domingo) a la niña bien que de pronto lee su destino cifrado en una revista de una peluquería. Y sin embargo, la reconozco. Ahora entiendo mejor esa lógica que la hizo huir de mi padre. Porque esa lógica distorsionada pero implacable es la que yo misma encuentro desperdigada en mis recuerdos de la época, la que creaba monstruos en todas partes, acechándome desde el placard abierto en mi cuarto de la infancia, mientras Florencia dormía tranquilamente en la otra cama y yo escuchaba conversaciones veladas sobre enfrentamientos, sospechas y bombas.

Me imagino que mi padre se hubiera reído mucho si se hubiera enterado de que Nina lo había creído un montonero listo para secuestrarla. Papá, que tenía una soberana altanería para hablar de política, que se jactaba por igual de no haber votado nunca en su vida y de haber sido delegado sindical del taller en el que trabajaba. Papá, para quien las palabras eran todo, mucho más que las ideas políticas. Amante de los sofismas criollos, protestaba: "¿A quién se le ocurre? La palabra idea no va con la palabra política en la misma oración, una idea es algo puramente intelectual, no tiene nada que ver con reunirse alrededor de un fogón con un tinto y una molotov para hacer planes".

Se reía con ganas de sus amigos, a los que llamaba "peronistas en sordina", que eran para él algo así como unos románticos empedernidos, inofensivos a fuerza de retórica, cuyo máximo gesto revolucionario era el hecho de ser capaces de "adorar un cadáver de mujer", gesto que le producía una admiración sincera, como si esos chicos de la Jotapé fueran una especie de degradada reencarnación en secta de los prerrafaelistas. Unos chicos ingenuos que mezclaban la diatriba política con la mujer celeste transfigurada en fuente de toda inspiración y hasta creían en un Más Allá que comenzaba en Puerta de Hierro y no se sabía dónde terminaba, pero que realmente eran buena gente, cómo no serlo —decía mi padre— si con una teología tan llena de agujeros y ausencias habían convencido a medio país, la verdad eran dignos de tener hasta sus propios evangelistas y mártires, por qué no, le gustaba decirle a Mario, mientras el tucumano asentía mordiendo un choripán, sacudiendo el fuego de la parrilla que revelaba pasajeramente un brillo nuevo en sus ojos, y le contestaba "Fabio, vos de esto no entendés nada, mejor no te metás, quedate piola, eh, seguí con tus estatuitas" y luego cambiaba rápidamente de voz y me llamaba a los gritos a pesar de que yo estaba ahí nomás, jugando con las batatas y la ceniza: "Claudita, vení con el tío Mario que te va a enseñar a jugar a los dados". Pero yo me quedaba prendida a las sandalias de papá, porque sabía bien que ése no era mi tío, que no me gustaban los dados y que su sonrisa sabihonda era tan negra como la babosa que una vez había pisado descalza y que se me había quedado adherida a la planta del pie como si fuera el tentáculo asqueroso de un monstruo mucho más grande.

El Tucumano —así lo conocían sus compañeros— resultó estar bastante metido. Luego nos enteramos de que formaba parte de una célula que actuaba en toda la zona norte de la provincia, de modo que no es imposible que a Mario se le hubiera pasado por la cabeza la idea del secuestro de la hija de don Atilio Vázquez. Evidentemente se le habían ocurrido muchos disparates pero nada demasiado espectacular, lo cual no impidió que unos años después desapareciera junto con su mujer. Y sin embargo, la idea de un plan como ése en el que mi padre oficiaría de entregador sólo pudo salir de la imaginación de Nina, quien, llegado ese punto del relato, admitió que "de todos modos la cosa con Fabio hubiera terminado de una manera u otra".

Supongo que a mi padre esa idea romántica de sus amigos bien pudo haberle costado más que la pérdida de una amante. Tal vez tuvo suerte, o tal vez la suerte era parte de la misma lógica siniestra de esa Argentina, generosa en arbitrariedades y en cartas mal barajadas. Por esos años, para él Mario no pasaba de ser un personaje pintoresco, casi inofensivo. Salía con él y sus compañeros, iba a cuanta comida lo invitaban y hasta parecía uno más de ellos. Por un momento alguien podía confundirse —incluso esos muchachos— y pensar que los gestos grandilocuentes de mi padre apoyaban alguna causa cuando en realidad la única causa que apoyó Fabio Gemelli en su vida fue la suya propia. Creo que si alguna vez pensó en un colectivo, la única visión que tuvo fue la de un público que pudiera aplaudirlo, a él, el artista que combinaría la maestría técnica con algo de mal disimulado oportunismo social. Por eso mismo le fascinaban tipos como Leonardo Fabio y John Lennon —sí, los dos en el mismo nivel—. Era obvio que ellos habían entendido —como le gustaba decir— "la verdad de la milanesa": que el arte salvaría el mundo y, de paso, les traería unos billetes; así que lo mejor era andar por ese camino bien solito.

Y sin embargo, la duda avanza. Ahora, en la casa silenciosa, mientras Julián duerme en la otra habitación y sigo revolviendo mis cajas llenas de libros, los recuerdos pierden transparencia y mi acostumbrada ironía cede paso a las preguntas. ¿Y si esta mujer, de la que poco sabía hasta hoy, estuviera en lo cierto? ¿Y si mi padre nos hubiera engañado a todos? Así como tuvo esos secretos bien podría haber tenido otros. Tal vez lo animaron convicciones desconocidas, obsesiones que el relato ventrílocuo de mamá terminó por descomponer, concentrado en la aureola que sólo a ella circundaba, anclado en la órbita familiar de Fabio Gemelli que le correspondía y la refería todo el tiempo a sí misma; igual que Florencia y yo, satélites diminutos de su dedicada gravedad.

El día de la inauguración era un episodio que mamá se empeñaba en contar una y otra vez. Según ella, para papá fue lo más parecido a su iniciación en el ridículo. Yo misma recuerdo ese día, aunque los gritos se mezclan en mi memoria con la llegada apresurada de la tía Carmen, que nos llevó a la plaza del Citroën a comer pochoclos y manzanas acarameladas. De modo que las manzanas, con su sabor dulce y áspero, su piel tibia y pegajosa y su interior decepcionantemente frío, estarán por siempre asociadas a la primera vez que mi padre se fue de casa.

En la versión de mi madre, todo aparece clarificado y ordenado como un plan premeditado, pero yo creo que en verdad papá no se levantó sabiendo que iba a pedirle que no fuera a la exposición, que se quedara en casa con nosotras. Tal vez eso se le ocurrió luego del desayuno, cuando Florencia y yo nos peleábamos por cambiar el canal del televisor y lo zarandeamos hasta desenchufarlo y él se fue al jardín sin siquiera decir una palabra, donde se quedó dando vueltas y vueltas y de repente agarró una pico de loro y empezó a podar la enredadera que invadía de frescura las paredes del patio. Siguió cortando ramas como un loco hasta que mamá lo vio por la ventana de la cocina y salió a pararlo. Entonces empezaron los gritos, que nosotras apenas percibimos como una película muda, adivinándolo todo por la mímica que veíamos a través de las puertas vidriadas del comedor.

Carmen —siempre lista para socorrer a su hermana mayor— llegó cuando papá ya estaba haciendo la valija y mamá lloraba contenida en la cocina, todavía revolviendo una olla que olía a quemado. Mi tía nos agarró a las dos de la mano y nos sacó rápido de la casa aunque en realidad ya era demasiado tarde: lo habíamos entendido todo, especialmente Flor. En la plaza, mientras trepábamos a la carrocería del auto abandonado y los zapatos se nos llenaban de arena, le pregunté si papá estaba haciendo la valija para irnos a Mar de Ajó. Mi hermana me miró como me miraba cuando no podía atarme sola los cordones de las zapatillas y me dijo: "No, Claudia, no vamos a la playa. Nosotras nos vamos a quedar con mamá".

Pero no fue así: papá regresó muy tarde, a la madrugada del día siguiente. En lugar de entrar a su cuarto, donde mamá dormía con las persianas bajas y la puerta entornada, su cuerpo atravesado ocupando toda la cama, se quedó en nuestro dormitorio, sentado en el sillón de mimbre entre nuestras muñecas, la valija sobre las piernas y los ojos fijos en la ventana. Me sobresaltó verlo sentado ahí, como un maniquí, entre los peluches y las muñecas patonas.

Supongo que cierto instinto de autoprotección me hizo volver a cerrar los ojos y hacerme la dormida.

Al día siguiente, la casa estuvo inusualmente silenciosa. Papá no puso ningún disco, ni salió disparado de la casa como hacía todos los domingos mientras mamá estaba en la iglesia, sino que, muy tranquilo, nos preparó el desayuno a las dos y nos dejó tomarlo en el jardín, mientras él se dedicaba a juntar las ramas de la víspera. Luego subió al galpón de la terraza y bajó con un colchón viejo, unas sábanas y una almohada con las que se encerró en su taller. No salió de allí hasta la mañana del lunes. En cambio, su cama improvisada seguiría ahí para siempre.

Años después, mi madre todavía se regocijaba en contar los detalles melodramáticos del episodio. Sobre todo el momento en que mi padre, con la pico de loro todavía en la mano, le había confesado que estaba enamorado de otra y que a ella no quería ni verla en la exposición porque ya no la aguantaba protestando por sus amigos, husmeando entre las obras que no comprendía y que nunca le habían interesado de verdad. Que no quería ni verla por ahí porque ese mismo día pensaba decirle todo eso a Nina, que sí lo comprendía porque ella era artista como él y "no una mosquita muerta como vos, Susana, que todavía te creés que todo se arregla con ir a misa y cocinar un kilo de milanesas que nadie va a comer excepto vos solita".

Pero para mi madre el momento favorito de la historia era el regreso. Le encantaba detenerse en la escena en la que papá había tenido que encerrarse en nuestro cuarto porque no se animaba a dar la cara, porque, según ella, peor que pedirle perdón era decirle que la mina lo había plantado, que había hecho el ridículo con todos sus amigos anunciando que "por fin la dejaba a la Susana" cuando en realidad había tenido que volverse a la casa "como el perro guacho del abuelo, que aunque lo abandonaran en la estación de Martín Coronado, siempre volvía con la cola entre las patas".

Varias veces, cuando nosotras ya éramos un poco más grandes, se referiría a ese episodio. En cualquier situación de publicidad familiar, cuando le presentábamos a alguna amiga o amigo nuevo y se mencionaba a papá, ella agregaba, sin que viniera al caso y con un tono indefinido: "Y pensar que quiso escaparse con una bailarina del Colón". Y esta frase daba comienzo al relato. Un relato que hasta hoy yo siempre había creído un invento o una exageración de mamá, pues la palabra bailarina le daba a toda la historia un color licencioso, apenas reparado por el prestigio de la institución, y me hacía pensar en mi padre huyendo con una *stripper* de serie americana. Nunca pude entender si lo que le producía tanta satisfacción a mi madre en ese relato era el fracaso de papá o si en verdad lo contaba una y otra vez porque en el fondo sentía cierto orgullo de que una bailarina del Colón se hubiera fijado en su marido.

Vuelvo una y otra vez sobre la otra parte de la historia. Quiero entender en Nina algo más que una lógica de época, creer aunque sea un poco en mi padre militante. Pero es difícil. Tal vez porque ya estaba cansada o tal vez porque ya había contado su parte favorita, ese último domingo (siempre me mandaba a casa con la historia interrumpida en la mejor parte) Nina dejó las explicaciones en suspenso. Claro, ese día hubo más gente. Se vendió casi todo, incluso el escritorio de roble que ocupaba todo el comedor y que había estado en su familia por décadas. A Nina le quedaban apenas tres días en la ciudad. Me dijo que le gustaba la idea de viajar liviana, de haberse desprendido de todas sus cosas. Tal vez la historia de mi padre también cabía en ese catálogo del desprendimiento. No lo sé. De todos modos, ¿de qué hubiera servido discutir con ella la verosimilitud de sus sospechas? La memoria es arbitraria, injusta. Y a ella lo único que le importa es la historia de amor, aunque esté llena de equívocos, aunque esté llena de ripios a los que no quiere asomarse.

A Nina le pareció que luego hubiera dormido durante días, pero no, ella misma reconoce que eso no puede ser cierto, que el miedo y la desilusión del descubrimiento amplificaron las escenas borrosas. Sí recuerda que se quedó dormida en el auto, en la mitad de las explicaciones sin pies ni cabeza que Armando optó por aceptar sin hacer más preguntas, ya demasiado impresionado por esa Nina de ruleros y maquillaje estropeado.

Es que las cosas pasaron tan rápido, cambiaron tan rápido, que a Nina hoy la mudanza a la casa de La Lucila le parece un confuso episodio soñado. Un episodio que ahora se mezcla con imágenes del resto del verano somnoliento en la piscina de sus padres, los torpes partidos de bádminton con sus sobrinos y la visita de sus amigas al atardecer. Todo ello sumergido en horas y horas de televisión entre las que Nina escuchaba vagamente los planes para su presentación en Italia, presentación que Armando y su agente terminaron por arreglar apremiados por las sutiles amenazas de don Atilio.

La casa había cambiado un poco. Su padre había levantado paredones que impedían la vista desde la calle y tenía tres perros enormes a los que soltaba de noche para que cuidaran. Se los oía aullar desamparados contra la medianera, como si no pertenecieran a ese mundo. Sin embargo, Nina se sorprendió de lo fácil que le resultó adaptarse al ritmo de la casa paterna que recordaba minuciosamente como si fuera una obra antigua, un reestreno que ella ejecutaba con las pequeñas variaciones que el tiempo y el desencanto habían impuesto naturalmente. Armando iba casi todos los días a verla, pospuso algunos compromisos para quedarse fines de semanas enteros, se encargó de la mudanza de sus muebles y hasta parecía realmente preocupado por ella.

Pero más que su familia o las atenciones de Armando, fue la casa misma la que le hizo sentir que una niebla vieja lo iba cubriendo todo, como si otra vez tuviera catorce años, como si fuera a despertarse cualquier mañana nueva y fresca, lista para ir a las clases de la señorita Ofelia. Solamente los agrios comentarios de su padre le recordaban que eso no pasaría y que lo único que conservaba de la Nina adolescente era la imaginación desbordada y una vulnerabilidad insospechada que la hacían permanecer horas frente al espejo tratando de explicarse cuándo y cómo esa mujer agotada y ojerosa había tenido una vida aparte con un muchacho de veintitantos años.

Como no regresó a su departamento más que para recoger algunas cosas, Nina dice que nunca recibió ningún mensaje de Fabio. Según el portero, el teléfono sonó intermitentemente durante las primeras semanas, luego el hombre observó que el muchacho pasaba seguido por ahí, que a veces se quedaba horas fumando en la plazoleta de enfrente, hasta que se apiadó de él, cruzó la calle y le dijo que ya no esperara, que la bailarina había vaciado todo y se había ido con el tipo ese, el italiano elegante. O al menos así se lo contó a Nina mucho después el propio Armando, divertido por el relato y el adjetivo que le correspondía, incrédulo ante la insistencia del muchacho y abiertamente satisfecho de la sonrisa mortificada con la que ella fingía no oírlo mientras los dos daban vueltas tomados de la mano entre los puestos del mercado de Murano.

Pasaron unos meses antes de que decidieran volver. Después de sus presentaciones —que, sin ensayo y preparación, no fueron gran cosa y ella misma prefiere no recordar— Armando se entusiasmó con su nuevo papel y la llevó a Mónaco en una especie de luna de miel en la que ninguno de los dos creyó realmente pero que ejecutaron con seriedad profesional.

La lejanía terminó por enrarecerlo todo. El supuesto peligro, las advertencias familiares, los últimos meses con Fabio, pero sobre todo la sospecha, se habían vuelto extraños. Todo lo que antes le pareciera un prolijo rompecabezas había empezado a tambalear. En su lugar, sólo veía una serie de posibilidades que no se había permitido explorar, por el contrario, que había elegido evaluar con la torpeza de un manotazo. Por eso, cada vez que algún detalle mínimo (un perfume, un tango lejano, tocado por algún francés irresponsable o por algún argentino sin demasiada convicción) le traía de nuevo la imagen de Fabio, ella la dejaba pasar.

Para mí, en esa parte del relato, Nina se transforma en una heroína de Guy des Cars, de la clase que sana en la distancia no sólo las penas del corazón y la mente desquiciada sino también, de paso, su ambición. En ese viaje Nina decidió que ya había tenido "suficiente ballet para una vida". Empezó a pensar en dedicarse a la enseñanza. La administración del teatro ya tenía candidatas frescas, esperando, como le habían dicho, "a que ella las obsequiara con el beneficio de su experiencia y su trayectoria". La frase no la deprimía. Hay —me ha explicado innecesariamente— formas mucho menos elegantes de avisarte que ya estás vieja. Pasar a ser instructora de baile le pareció, si no la menos dolorosa, la más digna, en la que podría imitar con total impunidad el estilo resentido e insensible de sus maestras de la infancia.

A pesar de sus tropiezos europeos, la vuelta al teatro le resultó casi un alivio. Allí, Nina Vázquez seguía siendo una primera bailarina, aun con las sugerencias de retiro a cuestas, se dio cuenta de que nunca se iría del Colón del todo, que siempre pertenecería en algo a ese escenario, así le dieran un puesto de secretaria o de profesora. Eso pensaba mientras subía por las escaleras de la calle Libertad y todo le parecía más lleno de color que a su partida: los niños de cuello delicado con sus violines al hombro caminando entre las palomas de la plaza Lavalle, las largas pestañas de las aspirantes sentaditas en los banquillos de la entrada, la escala previsible de un cantante practicando detrás de una puerta cerrada.

Lo que menos esperaba era que antes de llegar a la oficina de la directora de Estudios, Mabel, una de las chicas que trabajaba en los talleres de costura, le cortara el paso y la tomara del codo. El monólogo que siguió la obligó a acompañarla en silencio por el pasillo: "Nina, ay, nena, te tardaste tanto y nadie te lo quería guardar. Pero yo estaba acá el día que vino el chico ése, ya sabés cuál, el alto, morocho, claro que sabés, cómo no vas a saber, si es un bombón. Estaba tan enojado o por ahí nada más nervioso porque acá todos estaban fastidiados por el calor o se estaban yendo y resulta que lo habían hecho dar un montón de vueltas, lo mandaron de un lado para otro, se recorrió medio teatro con el paquete abajo del brazo, pobre. Entonces yo le dije que me lo podía dejar a mí, total yo sabía que te iba a ver seguro. Hice bien, ¿no es cierto?".

Nina no contestó más que con un movimiento de cabeza y una de esas sonrisas mecánicas que de tan ensayadas le salían toscas y ausentes. Lo que señalaba Mabel era un paquete envuelto en papel madera, con su nombre escrito en letras muy grandes.

No lo abrió hasta llegar a la casa de sus padres. Subió directamente a su cuarto y, sobre la cama presidida por las fotos enmohecidas de las dos bailarinas, desenvolvió la caja con cuidado. La pequeña burla de Fabio Gemelli yacía en el fondo de un cajón de frutas, cubierta por papeles arrugados, igual que las peras y las manzanas en las verdulerías de barrio. Sólo que los papeles que recubrían la escultura no eran hojas de diario sino los bocetos que Fabio había dibujado durante aquel fin de semana que habían pasado juntos. Pero eso no era lo peor, pues peor que ver los bocetos arrugados y esfumados, peor que ver arruinadas esas figuritas de carbonilla que remedaban con gracia abstracta las poses de ballet —figuras que ella se había imaginado moldeadas en metal o en cualquier material duro pero amable, como un mercurio imposible—, peor que ver destruida toda la serie que sintetizaba un principio de entendimiento entre ambos, peor que todo eso, era la escultura deforme de esa mujer a la que le brotaban manzanas de las rodillas y que enseñaba su sexo en tosca imitación de Rodin. Lo peor —Nina insistió en este punto, levantando por primera vez la voz— era que la escultura, con su pose torpe y su analogía grotesca, se le parecía.

No era una copia punto a punto, por supuesto, no se trataba de una réplica del original. Eso hubiera sido demasiado fácil. El parecido era mucho más sutil, según ella, se trataba de un gesto logrado apenas con una inclinación inusual de la nariz y la forma en que se entrecerraban los ojos. La escultura tenía su misma mueca de desprecio agazapado, esa semisonrisa que —Nina lo sabía bien— se le escapaba en las situaciones más imprevistas, una mueca que ella había descubierto sólo en fotografías familiares tomadas por sorpresa y que nada tenía que ver con las máscaras ensayadas desde su adolescencia. Ese gesto era tan suyo como el lunar en la axila izquierda, como las cicatrices en el codo de tantas caídas en bicicleta, como las cartas de su novio de la primaria que conservaba todavía en un cajón del escritorio. Ese gesto era un secreto que ella creía bien guardado y esa súbita intimidad con Fabio la había llenado de miedo, había instalado para siempre la sospecha de que él había sido el único tipo con el que había logrado ese grado de entendimiento, él único que de verdad la había conocido.

Tal vez por eso decidió conservar la escultura. No lo sé. Así como la foto de la Duncan había ingresado en su universo cotidiano luego de su gran decepción, tal vez la escultura de mi padre estuviera ahí para recordarle otro fiasco, esta vez el de ella misma. Ahora pienso que debería haber indagado más en sus motivos, pero tuve la sensación de que debía detenerme, de que ya había escuchado bastante, lo suficiente como para que la versión absoluta que yo siempre había tenido de mi padre tambaleara, inexacta y diferente.

Reconstruyo ahora —cuando amanece y sigo sin tener sueño, y me entretengo desarmando las cajas de la mudanza, barriendo inútilmente el piso de cemento de la cocina, distrayendo las preguntas con tareas estúpidas— la última escena de esa tarde de domingo, el momento en que me acerqué otra vez a la biblioteca en un intento por comprobar lo que la ex bailarina decía. Ya se habían ido casi todos y la sala estaba tristemente vacía, sólo quedaban los sillones en los que estábamos sentadas, una máquina de coser antigua, las cajas de fotos y una lata de té llena de broches de vidrio.

La luz del atardecer había abandonado hacía rato el estante de la biblioteca y, como Nina permanecía sentada con la taza vacía y los ojos cerrados, encendí una lámpara de pie que arrojó una luz casi clínica sobra la estatuilla. Por más que me esforcé, no logré reponer el parecido con las fotos que ella había sacado de otra caja de madera (una que decía "Cumpleaños/Vacaciones") como si tratara de probar un caso frente a un tribunal ficticio.

No, estoy segura, la estatua no se le parece. Pero la convicción sin reparos de Nina, su fe intacta y sin fisuras en el poder conciliador de la memoria me produjo, me produce todavía, una rabia ciega, inanimada, inexplicable. Volví a pasar un dedo por la espalda de la escultura. Entonces Nina abrió los ojos, sacudió una mano en el aire como si así ahuyentara el relato, eligió un broche azul con forma de mariposa y me lo puso en la mano mientras se despedía:

—Estarás pensando que soy una vieja loca, ¿no? Y sí, siempre fui medio loca yo, pero es que a veces me hace bien acordarme de estas cosas, ¿sabés? —Se rió, hizo una pausa y su mirada sin color enfocó la mía.— Mirá vos, che, qué tarde se hizo. ¿Qué pensaría Fabio si se enterara de que después de tantos años me pasé todos estos días hablando de él? —En medio del silencio del atardecer, agregó en un suspiro, casi para ella misma:— ¡Este Fabio! Andá a saber qué habrá sido de él. —Torció un poco el labio inferior, sacudió la cabeza y empezó a recoger las tazas, como si yo nunca hubiera estado allí.

3

Durante los próximos días no hice más que trabajar y ensayar biografías mentales, crónicas escritas en las pausas entre la tijera y el café, entre los recortes de diario, en el tiempo muerto mitigado por los suplementos de cocina y la sección de arte del domingo.

Parte de mi trabajo consiste en leer todos los diarios y todas las revistas. Leerlos con meticulosidad, con dedicación artificiosa. Aunque no es mucho lo que se espera de mí, soy como una arqueóloga de superficies en busca de un logo en una grilla de programación televisiva, de una línea de publicidad encubierta en una entrevista o en una reseña de cine, del bordadito obvio en la gorra de la modelo que se caga de frío en la nieve con su bikini diminuta y la impaciencia de la paga escasa. La otra parte del trabajo consiste en el famoso *clipping*, palabra que Mariana, mi jefa, pronuncia con reverencia, como si el inglés le comunicara una esencial dificultad y que, básicamente, consiste en recortar y pegar mis hallazgos en una carpetita que algún gerente aburrido archivará con igual prolijidad.

Ni siquiera estoy obligada a leerlo todo. Pero hay una especie de pornografía inevitable, atractiva, en leer hasta los avisos fúnebres, perder deliberadamente el tiempo con los suplementos de cocina, detenerme horas en los policiales o en las pomposas cartas de lectores, ser testigo de las niñas asesinadas que migran rápidamente de la tapa a las últimas páginas, suplantadas por los campeonatos de fútbol, la suba de tarifas o las apariciones fantasmagóricas del Presidente, serio e invariable con su cara de Borbón desorientado.

Leer tanto hace que el mundo de las palabras se vuelva difícil de preservar. El lenguaje se vuelve circular, como si los diarios escribieran siempre el mismo discurso. Ocho horas por día, cuarenta a la semana, ciento sesenta al mes de comunicados ordinarios construyen ese mundo donde es tan fácil anclarse a una silla, el corazón sepultado con cal viva sin siquiera darse cuenta. A veces hago listas de palabras, esas que veo en otras partes, en libros, en la calle, palabras de las que no me quiero olvidar y que ya nadie usa. Luego las encuentro arrugadas en los bolsillos de mi ropa, como si alguien las hubiera puesto ahí y me las olvido de todos modos. En cambio, cuando son las personas las que hablan, las frases resuenan durante días, como si me despertaran, como si trajeran de vuelta a esa Claudia exiliada del lenguaje, esa Claudia más pura y más simple de mi infancia que tal vez sólo existe en mi imaginación.

Por eso, el relato de Nina no hizo más que confirmar no la ausencia de mi padre sino la de mí misma, la de mi propia historia. Es esa ausencia la que en los últimos días me ha hecho considerar las ideas más estúpidas, perder el tiempo con la tijera en el aire, los ojos fijos más allá del blíndex que separa la oficina de la calle Uruguay tratando de atrapar una imagen o una palabra perdida para siempre en el mar de letras de molde en el que se ha convertido mi cabeza. Entonces me levanto del escritorio —Mariana afloja la vigilancia en estas horas, navega por eBay en la otra sala en busca de ese reloj que ni los viajes a Miami ni el novio polista le consiguieron— y me quedo un buen rato mirando al viejo del cuarto piso, en el edificio de enfrente. Todos los días a las cuatro, aunque haga un calor insoportable, el tipo sale a su balcón lleno de flores, coloca un mantel cuadrillé colorado sobre la mesita de hierro y vuelve con una bandeja en la que carga la tetera, la azucarera, una taza, un plato con tostadas y algunas servilletas. Luego se sienta viendo las dos sillas vacías que lo enfrentan y muerde ceremoniosamente su pan. Nunca he visto su cara, nunca levanta la cabeza. Sorbe su té tieso, mirando al frente como si desarrollara una conversación con un interlocutor invisible. A veces he creído ver una segunda taza frente a la silla vacía pero no estoy segura, tal vez sea el exceso de escrutinio.

La escena del viejo trae de vuelta la última frase de Nina, "¿qué habrá sido de él?", y no puedo evitar representarme diciendo casualmente "¿Cómo? ¿No lo sabe? Está muerto. Lo enterraron en el cementerio de General San Martín". Disfruto imaginando cómo la revelación anularía para siempre al Fabio de su memoria, lo destruiría como un microscopio destruye a una hoja, lo transformaría en filamentos, lo borraría del mundo de posibilidades al que lo somete la evocación ignorante, reducido para siempre a un conjunto de huesos en una tumba. Una sola frase hubiera bastado, hubiera pulverizado también a esa Nina que el relato dignifica, a mi padre hérce ridículo, mi padre creyente y distorsionado, distante y otro.

Pero no dije nada, ¿qué bien hubiera habido en hablar? El daño está hecho y por esa fisura se cuelan preguntas que sólo me enfrentan conmigo misma, sometiéndome a un interrogatorio sin fin del que emergen sólo imágenes descosidas, listas apócrifas pero nada parecido a un relato.

Por eso me fabrico viñetas, biografías mentales. Una temporalidad tranquilizadora en la que finalmente papá no se rebele al esfuerzo definitivo de la palabra. Hago mis ejercicios casi sin querer, en las pausas del trabajo y el calor de Buenos Aires: *Fabio Gemelli nació un 3 de diciembre, hijo único de padre napolitano y madre argentina con ascendencia rusa. Su mamá murió joven: a los cuarenta y tantos le dio una embolia mientras tendía la ropa limpia en el patio de la casa.* El abuelo la encontró medio envuelta en una sábana, los broches prendidos en el delantal y el gato acurrucado en el hueco del codo. En el velorio, puso discos de jazz y se quedó en un rincón mientras los parientes se encargaban de todo. Fabio, de cinco años, pasó la tarde sin enterarse de nada, haciendo muñecos de barro en el jardín de enfrente anegado por la lluvia, aunque eso puede muy bien ser parte de su mitología personal, dirigida a construir su "faceta de precocidad artística". Como sea, la anécdota es una de las favoritas de mamá que, ante cualquier defensor de la sensibilidad paterna responde: "¿Y qué esperás?, si no lloró ni en el velorio de la vieja".

Siempre es igual. En la superficie pulida de la crónica aparecen esas muescas imposibles de emparejar. Palabras de otros que viven en mí su sobrevida indiscutida, irreprochable. ¿Por qué el abuelo con su tos amilanada aparece aún más certero que mi padre? Recuerdo claramente al viejo sentado a la cabecera, en uno de mis cumpleaños, mascando hojas de cactus, uno sus remedios seguros contra el cáncer. En cambio, papá aparece en tardes lluviosas, en plazas desconocidas o soñadas, en rincones inciertos de la casa de mi infancia.

El ejercicio vuelve con voluntad propia, después del mediodía, mientras leo una nota sobre Berni en *La Nación* del domingo. Entonces mi biógrafo ficticio imposta la voz e insiste: *alumno regular, más bien bastante vago, abandonó el secundario en segundo año para dedicarse al arte.* El viejo lo dejó hacer pero lo mandó a trabajar en la estampería de un amigo. Por entonces empezó a pintar. El período adolescente de su vida es un misterio: los amigos del barrio quedarán para siempre sin enlistar igual que las noviecitas, los partidos de fútbol, los programas de TV que le gustaban y sus primeras veces murmuradas y a escondidas. Nada de eso ha dejado consecuencias, placas que el lenguaje o la memoria dignifiquen. Sus años de joven siguen solamente suyos y eso, curiosamente, me tranquiliza. *Hacia 1967 ingresó como aprendiz en el taller de Roberto Fiore, donde llevaría a cabo la única educación artística que se le conoce.* En 1970 lo casaron con Susana Presta, embarazada de tres meses.

La crónica de sus catorce años de matrimonio podría ser diferente si la contaran cada una de sus amantes pero para mí se presenta unívoca, traducida sin matices por el relato de mamá que pinta una Susana sospechosa, modosita, perdidamente enamorada desde que conoció a papá en la estampería de su padre. Toda la retórica del bolero cabría en esa crónica de mamá en la que nadie nunca come perdices. Pero a los efectos biográficos, lo único que importa es que Fabio Gemelli no salió del partido de San Martín hasta que se separó de ella y se fue a vivir con Graciela Luján en la otra punta de la provincia. De acuerdo con mamá, un año antes Fabio ya le había anunciado que iba a dejarla pero no quiso irse con trece años de matrimonio maldiciéndole la suerte, así que se fue de casa en el 82, perfectamente sincronizado con un país que, como su matrimonio, se venía yendo al carajo desde hacía más de diez años.

Pero la crónica debería también contemplar a las dos hijas. Siempre se mencionan matrimonios, obras y descendencia en las biografías. Parece que se trata de hacer un inventario de lo que queda, de repartirlo lo mejor posible. De acuerdo con esa matemática, hijos y obras son variables del mismo signo. Se habla de trascendencia y de descendencia con la mayor liviandad, como el biógrafo dominical de Berni que aprovecha un desvío en la historia nacional para despachar a la esposa y a la hija en el mismo párrafo: "Por entonces, la noticia de una revolución en Buenos Aires lo dejó consternado. Ya casado y con una hija decidió volver a la Argentina. No podía quedarse en un París tan distante, con escasas noticias de su país, que vivía una situación de tal magnitud". Los biógrafos aceleran cuando se acercan al legado o al misterio, hablan en presente, trastabillan, atosigados por repartir con justicia lo que queda.

Pero de Fabio Gemelli no queda nada, excepto unas esculturas por encargo. Piezas mediocres, convencionales, emplazadas en distintos rincones del Gran Buenos Aires. *El resto de su obra es un misterio. Hay rumores de que Gemelli preparaba una obra monumental. En los últimos años de su vida habría concebido un proyecto vital que lo aisló del mundillo artístico y de las luces públicas. Por esa época empiezan sus misteriosos viajes al exterior: Japón, Portugal, Canadá. Nada se sabe de esto en verdad. Gemelli, el gran escapista, habría destruido toda su producción antes de morir o tal vez algún testaferro la guarda todavía celosamente. En la modesta pensión que fue su última morada, no se encontró obra alguna ni documentos que arrojaran luz sobre su producción artística.* Unos sacos amontonados sobre una silla de madera, único mobiliario del cuarto además de una cama gigante, una pila de camisas y calzoncillos limpios en un rincón, una guitarra criolla, tres pares de zapatos, cuatro botellas de Bols vacías en fila al lado de la cama, una guía Filcar, una loción para la caída del cabello: eso es lo que me viene a la mente ahora. *El inventario no es exhaustivo pero habla de las condiciones extremas en las que vivió el escultor. Nadie sabe qué se hizo de sus últimas esculturas.* De modo que lo único cierto que Fabio Gemelli ha dejado al mundo son sus obras por encargo (y dos hijas) mediocres, convencionales, emplazadas en distintos rincones del Gran Buenos Aires.

Nada en ese cuarto señalaba al artista. En cambio, el hombre resistía en cada uno de esos objetos. Mi hermana y yo faltamos a la escuela para acompañar a mamá esa tarde de calor aberrante. Sólo entonces entendí el poder vengativo de ciertos objetos: me quedé un buen rato paralizada por un cepillo de dientes empastado, abandonado en un vaso que conservaba las huellas digitales del hombre que no volvería a usarlo. Nada nos pertenecía allí y no nos quedamos con nada, como si la muerte hubiera llegado antes que nosotras y hubiera contaminado el cuarto para siempre.

Quemamos la mayoría de la ropa en el jardín. El resto la regalamos a la iglesia del barrio. Tal vez por eso evito visitar a mamá: temo que cualquier domingo al bajar del tren en la estación San Martín me tope con un viejo amenazante, vestido con las camisas chillonas de mi padre.

Las verdaderas cosas de mi padre, nuestra pequeña herencia, las habíamos cobrado años antes, cuando él todavía vivía. Son las cosas que están a salvo, las que no entran en el universo administrado de la muerte. Son los objetos que todavía lo evocan como delicadas metonimias (*Rayuela*, una foto de grupo, una caricatura a mano alzada, una bufanda, mi escritorio manchado de pintura). Pero están también las otras, las que lo provocan sin delicadeza, las que resisten cualquier esfuerzo disciplinar de la memoria: una colonia vieja, una melodía desde la ventanilla de un taxi, un juguete despanzurrado, una nota en un diario que habla de otro pero lo trae de vuelta a él, imprevisto, presente. Entonces no hay cronología ni biografía fraudulenta que detenga los recuerdos. Son, finalmente, lo que queda de Fabio Gemelli: imágenes desprendidas de sentimiento alguno, desconectadas de la lógica que alguna vez las unió a la palabra "padre" con vocación designatoria. Su mano en la oscuridad del subte, mojada por el calor o por el cariño, su mano que sostiene la mía en un viaje al cine Los Ángeles. El perfil de su cabeza entre la gente en la cola de un banco, ¿o era el correo del centro? La calesita de Palermo con sus ornamentos *art nouveau* y su caballo sin orejas gira rápido pero no tanto como para no ver a papá hablando con una mujer rubia, es el día que me sacaron un montón de sangre y me quedé agarrada a su cuello con los ojos cerrados y el brazo estirado. Recuerdo todo eso pero no recuerdo el sonido de su voz, es como si papá, que se la pasaba cantando, se hubiera quedado mudo en mi memoria. A veces creo recuperar su voz capturada en palabras aisladas, como en un caracol que acercara al oído y lo llenara de su eco. La palabra "visibilidad", por ejemplo, fuera de toda sintaxis, cavernosa, modulada sílaba por sílaba con el dedo en alto en una cena. Pero dura un segundo, luego sólo queda la palabra en su castellano plano, sin ninguna huella de papá. En cambio es clarísimo, como una presencia inmanente que exhalara el recuerdo mismo, el olor de los Parisiennes en su campera gastada que también huele a humedad y un poco a naftalina. Es el mismo olor que detectaba en mi cuarto a oscuras, incluso antes de verlo, cuando él entraba sigilosamen-

te y yo me quedaba dura, por miedo a que desapareciera como un acto de magia si yo movía un solo
músculo. Lo dejaba colocar sus golosinas y no me
atrevía a moverme, y me dormía en el esfuerzo de la
inmovilidad hasta que, a la mañana siguiente, el chocolate Jack debajo de mi almohada aparecía reducido
a una pasta asquerosa donde se revolcaba un hada
madrina celeste con su varita quebrada. Hay, es cierto, imágenes más nuevas, más nítidas, pero son pocas,
imágenes de algún cumpleaños, una de papá en un
corredor de la Escuela de Artes; otras de un mediodía
en la cocina en el que los dos quemamos un puche-
ro; una tarde inidentificable en la que un auditorio
familiar muy silencioso escucha sus chistes y anécdotas, él absolutamente entregado a su público, coci-
nando y sirviendo mientras mamá monologa en un
sillón; y todo se cierra con un domingo de lluvia muchos años después, en Parque Centenario.

Si no fuera por esas imágenes, por esos fragmentos
de diálogos, tal vez yo también hubiera olvidado que
mamá tuvo una vida aparte con Fabio Gemelli. Ella
misma parece haber archivado ese período. Nunca
habla del pasado, más bien le encanta hablar de lo
que va a hacer la próxima semana, el próximo mes.
Desde que papá se fue, le dio una extraña fiebre edu-
cativa, se la pasa de curso en curso, rodeada de amigas nuevas cada fin de semana, se va de viaje a las Ca-
taratas o a Bariloche una vez por mes. Con la muerte
de papá esa fiebre parece haberle dado más grave. El
año pasado, convertida en tarotista autodidacta, anduvo con Florencia por la playa tirando las cartas como si fuera una gitana con años de experiencia. A

Florencia le pareció divertido, se quedaba en un café de la rambla y la veía a la vieja muy seria sentada sobre su pareo, llena de aros y anillos, mientras las jubiladas hacían cola para que les leyera su futuro —"cortito pero lleno de emociones", les lanzaba mamá sin ningún reparo—. Parece que a las viejas les encantaba el maltrato porque se congregaban día tras día en la playa y mamá tuvo que arreglar con los de la feria de artesanías para que le hicieran un lugar y las viejas la dejaran tomar sol tranquila. Al final se cansó y se fueron a Miramar. "Vamos a donde no me conozcan", le dijo a Florencia como si fuera una actriz de televisión. Flor dice que cuando papá murió, mamá absorbió parte de su esencia para que siguiera habiendo un delirante en la familia, ella que de joven se contentó con la coherencia y la mala voluntad del que espera la revancha.

Pero Florencia exagera. Mamá siempre tuvo ese lado un poco delirante, aunque a ella siempre le dio por el misticismo religioso. Y las cosas con papá nunca estuvieron muy claras, de otra manera no se negaría a hablar de él. Bueno, no es cierto que se niegue. Sí, habla de él, habla muchísimo, pero él parece no estar nunca allí. Siempre que habla de papá lo cubre todo de una transparencia engañosa, como si no hubiera nada nuevo, nada de Fabio Gemelli que la sorprendiera. Por eso no le he dicho nada sobre mi plan de indagaciones, no quiero siquiera sugerirle la posibilidad de un Fabio diferente. ¿Para qué?, ella también tiene su relato. Además, mamá siempre supo lo de las estatuitas, ignoro cómo lo descubrió pero era uno de sus chistes habituales, decía que papá las fabricaba en serie y las tenía en un ropero viejo, siempre listas para cuando se cansara de la mujer de turno. Supongo que su mayor triunfo, su secreto consuelo, era que a ella nunca le había regalado una. No es imposible que ese solo hecho le diera esperanzas, esperanzas sólo clausuradas definitivamente por la muerte de papá, reemplazadas ahora por su fiebre autodidacta, los clubes de jubilados y las amigas que van y vienen.

Entonces, sólo a mí me ocurren las preguntas. ¿Nina habrá sido la primera? Seguramente no la última. Esa estatua que recuerdo recién terminada y cubierta con un trapo, ¿de quién sería? ¿Papá se las daba a sus mujeres sólo cuando se estaban separando? ¿Tendría también estatuitas de conquista? ¿Y Liliana? ¿Por qué no apareció en el entierro de mi padre? ¿Ese joven lleno de entusiasmo que Nina recuerda atormentado o incomprendido es también mi padre? ¿O vive sólo en el universo clausurado del recuerdo ajeno?

Abandono la ceremonia del té del vecino, me alejo de la ventana, sintiendo que soy un poco como el viejo que dialoga con sus sillas vacías, también yo ceremoniosa, aburrida y agotada. Hay días que me lo tomo todo con mejor humor, me acuerdo de las burlas de Julián y me veo como él me ve, ridículamente obsesionada con los actos que faltaron, los gestos que quedaron a la mitad y las cuentas por saldar con un muerto que en vida sólo fue una llamada telefónica de cumpleaños o una alusión permanente en la palabra de los otros.

Cuando le dije que había puesto un aviso en el diario, Julián me miró con su mejor cara de matemático agotado, con esa cara odiosa que pone cuando alguno de nuestros amigos defiende la rigurosidad de los sociólogos o los beneficios de la terapia, y dijo: "Claudia, ya me estás empezando a preocupar. ¿No te parece un poco morboso eso de escarbar en la vida de unas tipas que ni conocés? ¿Desde cuándo? A vos se te ocurre cada idea... Parece que te dio fuerte, eh, yo diría que tenés un cuadro de biografreudismo agudo. Por lo menos, sos la primera mina que conozco con edipo post mórtem, la verdad es que no te entiendo. ¿Qué más querés saber? Tu viejo era tu viejo y punto".

Yo también me reí, pero le dije que justamente ése era el problema con mi viejo, encontrar ese punto, un lugar seguro en donde detenerme.

Cuando empezaron las llamadas tuve que darle la razón. El primer domingo estuve de guardia al lado del teléfono mientras él terminaba de pintar el cielo raso y me echaba miradas desaprobatorias de reojo. No pasó nada en toda la mañana. Cuando por fin agarré la brocha y empecé a ayudarlo, sonó la primera llamada. Julián no pudo evitar la carcajada cuando me vio lanzarme sobre el sofá con el pincel en la mano, enchastrando todo el piso con un reguero celeste. Resultó ser un tipo que quería venderme sus propias esculturas. Le dije que sólo estaba interesada en esa estatua en particular de Fabio Gemelli. "Pero yo también hago desnudos —protestó—, claro que sin manzanas. ¿Además, no le parece un poco obvio eso de las manzanas?". Le expliqué que no me interesaba la estatua en sí sino la historia que tuviera detrás. "Estoy escribiendo una biografía", mentí, intimidada por su silencio lleno de chasquidos. Mientras tanto, la pintura resbalaba del pincel que sostenía en alto como una antorcha, se deslizaba hasta mi codo y goteaba delicadamente sobre los ejercicios de álgebra de Julián desparramados sobre la mesa. "Típico de este país —contestó el tipo con rudeza— ocuparse de historiar la mediocridad. A quién se le ocurre. Mire, señorita, yo a Gemelli no lo conocí, pero vi una muestra de él en el San Martín, vaya a saber quién se la consiguió. Le aseguro que no había una sola cosa que valiera la pena. No pierda el tiempo, por favor."

Estoy segura de que cortó sin oírme mandarlo a la mierda, siempre fui lenta para las reacciones verbales. Me quedé sentada, sintiendo cómo la pintura me corría por el brazo. El aire en el departamento adquirió una cualidad espesa, la ventana abierta traía un viento cargado de jazmines que se mezclaba con el olor a solvente y a pintura. Me quedé mirando las manchas celestes en el piso, como cuando era chica y buscaba formas en los borrones de humedad del techo. Empecé a llorar sin hacer ruido, sentada como un maniquí, hasta que Julián me quitó el pincel de la mano y me arrastró suavemente hasta el balcón.

Ese día llamaron dos personas más: una vieja que coleccionaba mujercitas de porcelana que "podían interesarme" y un tipo que "creía que tenía un Gemelli" pero no estaba seguro. Me hizo ir hasta su negocio de antigüedades en una esquina oscura de Belgrano, pero lo que tenía eran candelabros retorcidos, monedas antiguas, una armadura y estatuas de yeso. Me mostró muchas esculturas, ninguna era de papá. Regresé casi satisfecha de la estafa, no me hubiera gustado tener que indagar a ese tipo que olía a frito, que escondía las manos en los bolsillos del pantalón y hablaba con obsesión del crimen de una chica que estaba en todos los noticieros.

A pesar de esos fracasos iniciales, dejé que el aviso se repitiera durante varias semanas. Acostumbrada al mundo redundante de los medios, sentía cierta calma al encontrar el recuadrito puntual en su esquina precisa, como si el solo hecho de verlo me ayudara a saber más, como si el nombre de mi padre hubiera entrado en el universo tranquilizador de los diarios y se hubiera contagiado de su previsibilidad.

Previsibilidad. A veces creo que todo se reduce a eso, que lo que busco es sólo el trazado de una historia común, previsible, que obligue al nombre de mi padre a entrar en mi círculo, en la ronda de los objetos conocidos, gastados por el uso de los años, ese uso que a veces también se llama cariño. Como las cosas de papá que lentamente fueron volviéndose mías, mortalmente inofensivas gracias al contacto con mi cuerpo y mi palabra.

Florencia y yo nos fuimos repartiendo el botín a lo largo del tiempo, nos lo disputamos de a poco en una batalla muda en la que cada objeto fue encontrando su sitio con naturalidad. Luego de su partida, durante meses el taller de papá siguió siendo para nosotras una especie de lugar sagrado. Nos sentábamos afuera, en las sillas de plástico del jardín. Simulábamos hacer otra cosa, pero en realidad vigilábamos la puerta de madera sobre la que él había pintado un ángel azul con el brazo en alto que todavía ejercía su efecto disuasivo. Creo que el ángel estaba allí para mamá y no para nosotras, lo cierto es que ella sentía una especie de pavor por el taller, como si al abrir la puerta se fuera a encontrar con monstruosidades, o tal vez con una fila de mujercitas manzana esperándola.

Pasábamos las tardes sin atrevernos a entrar, tomando mate en medio de las plantas voraces de mamá. Contra la pared del fondo, las enredaderas descontroladas habían creado huecos de sombra y humedad en los que anidaban toda clase de bichos. El resto del jardín lo formaban algunos canteros de rosales y coronas de novia. Al costado del taller estaba la huerta: unos girasoles enormes, repollos y zanahorias que crecían con autonomía, invadidos por flores salvajes de un violeta perseverante.

La huerta había sido una de las respuestas inmediatas de mamá al abandono. Preocupada por nuestra subsistencia, había corrido al vivero y había vuelto con decenas de sobres de semillas que había desperdigado sobre la tierra revuelta sin demasiado orden o previsión. Pero la huerta parecía alimentarse de la anarquía porque prosperó sin muchos cuidados, compartiendo el terreno con el resto de las flores; se expandió tanto que los girasoles se veían desde la calle, altos y desaliñados como muñecos de paja. Durante años sufrimos sus semillas como condimento de cualquier comida, incluso en el pan, que mamá se empeñaba en seguir horneando para ahorrar y que invariablemente le salía duro y chato, con las semillas crocantes como una piel extraña. Y siempre que cocinaba algo con las verduras de la huerta sabía a polvo, pues nunca tenía la paciencia para limpiarlas debidamente. Ella callaba cualquier protesta con la cantidad, como si la abundancia de las fuentes llenara todo tipo de ausencias.

Florencia fue la primera en entrar. Abrió la puerta con sigilo, como si alguien hubiera estado durmiendo dentro. Me quedé sentada un rato más en el jardín, fingiendo que no me importaba, que la revista que tenía en las manos era mucho más interesante, pero cuando ella volvió con una bufanda a cuadros que reconocí instantáneamente, salté de la silla.

En el taller había pocos muebles: la cama de hierro diminuta con su colchón mordido por la humedad, un escritorio de madera manchado de pintura (el mismo que ahora sostiene mi lámpara y mis colecciones de fotos), un placard con dos o tres sacos de solapas anchas (Florencia, que siempre fue la más delgada de las dos, todavía puede ponerse el morado, los otros los tiene en una percha detrás de la puerta de su dormitorio). Debajo de una mesa arrinconada contra la pared había cubetas chorreadas con yeso endurecido, bolsas de arcilla seca, arruinada, cinceles un poco oxidados y paletas. Sobre la mesa, tarros llenos de pinceles descomponiéndose en solvente, espátulas y punzones. Dos fotos enfrentadas colgaban de esa pared. La de la izquierda mostraba un hombre musculoso, vestido sólo con un taparrabos, su torso estaba completamente doblado formando un ángulo recto con la cabeza. Sus ojos miraban a cámara, una ceja ligeramente levantada como mofándose de los grilletes y cadenas que le amarraban los pies a las manos y los codos al cuello. El efecto antinatural de su postura se coronaba con un candado enorme y aparentemente muy pesado que le colgaba del pescuezo. La fotografía de la derecha mostraba al mismo hombre, esta vez vestido de etiqueta, con camisa blanca de cuello duro y levita negra, ligeramente recargado sobre una pierna, parado de costado, casi una pose de modelo si no hubiera sido porque tenía las manos demasiado juntas, como si hubiera estado por sostener un palo de golf, pero en realidad enseñaba las ocho esposas que las sujetaban. Un pie levemente girado seguía con elegancia la línea expositora dejando ver las cadenas negras que se enroscaban a sus tobillos.

Esas fotografías —una página doble arrancada de una revista— generaron nuestra primera disputa. Florencia argumentó que debíamos dejarlas donde estaban. Me recordó que los tres —ella, papá y yo— habíamos visto juntos una película sobre Houdini un sábado de superacción unos años atrás, pero yo no podía reponer el parecido entre el hombre desafiante de las fotos y el recuerdo del documental, una película aburrida donde todos se movían demasiado rápido y sin gracia, como caricaturas. Además, argumentó, no sabíamos si papá no volvería a recoger esas cosas. "No las hubiera dejado si le importaran", objeté. La frase quedó suspendida entre nosotras como un peso silencioso, pues era obvio que nosotras estábamos incluidas en la lista de cosas importantes pe-

ro abandonadas en la prisa. Volví a pegar las fotos en
la pared con las mismas chinches mientras, en un intento por ocultar su mirada, Flor se dirigía a la hilera de libros acomodados sobre el antepecho de la
ventana. Sólo había seis libros: *El corazón de las tinie-
blas*, un manual de anatomía de hojas amarillas, *100
dietas que de verdad funcionan*, *El hombre mediocre*,
La importancia de vivir y una edición bastante gastada de *Rayuela*.

En un rincón detrás de la cama encontramos un
gran portafolios de cuero que originó nuestra segunda pelea hasta que, sentadas sobre la cama, con los dibujos y bocetos mediando entre las dos, descubrimos
que no eran de papá, sino de uno de sus alumnos, el
pobre se había hecho acreedor de notas reprobatorias,
comentarios escritos con esmerado desparpajo al costado y a veces encima de los ejercicios. Decepciona-
da, Florencia lo arrojó debajo de la cama y se lanzó a
revisar los cajones del escritorio.

El sol realzaba el polvillo que pululaba por el cuarto cerrado. Era la primera vez que veía el jardín desde esa ventana: las plantas apenas si permitían ver la
casa a la distancia, se cerraban sobre el taller de tal
modo que me recordaron las ilustraciones de un
cuento de hadas en un libro sin tapas que había leído cuando era muy chica y le daban a la casa, muda
y enorme en la distancia, un halo bastante siniestro.
¿Así nos vería él todas las mañanas?

Ese día no nos llevamos nada. Fue como si nos
hubiera bastado con respirar el aire denso del taller,
esa mezcla de polvos y materiales que para mí es todavía el olor a papá. La visita fue, en cierto modo,

decepcionante para las dos. Teníamos la esperanza de que papá hubiera dejado esculturas o dibujos. Algo de él. Obras. Florencia y yo habíamos desarrollado una especie de fetichismo tácito ante cualquier pedacito de papel que tuviera su letra (todavía conservo, enmarcado, el retrato de trazos torpes que él dejó en mi almohada tantos años atrás). Parte de ese fetichismo podría ser llamado también de otras maneras, pues a veces sentíamos que la palabra "artista" podía, si quería, justificarlo todo. Se abría como un gran cielo, una gran palabra protectora que ubicaba a papá más allá de nuestro mundo, en un lugar donde sólo orbitaban seres extraños, incomprensibles. Era ese sentimiento el que nos hacía sentir cierto orgullo cuando en los formularios azules de la escuela había que completar la profesión de los padres y las dos escribíamos laboriosamente la palabra "artista". Papá se había ido pero era artista. Como si las dos ecuaciones estuvieran unidas por un nexo causal que todo lo explicaba, que hacía de él un personaje ausente con una misión precisa, importante. Para entenderlo, sólo hacía falta reconstruir esa misión. Y para eso nos hubiera servido cualquier cosa que pudiera mostrarse: un pedazo de arcilla, unos trazos de pincel en un papel, nada de lo que encontramos ese día.

Es como si la búsqueda se hubiera dilatado intermitentemente durante todo este tiempo. Todavía estoy ahí. En la ventana del taller, mirando nuestra casa que a la luz del escondite de mi padre aparece siniestra y llena de aprensiones. Con el mismo gesto, más de quince años después, insisto en la historia de una estatuilla deformada que algunas mujeres conservan con ignorancia o reverencia, sin saber que se trata del único resto capaz de hablar de esa palabra mágica, extinguida hace mucho tiempo.

"Vos sabés que yo no escribo cartas. Pero guardo todas las tuyas", y a continuación, la firma, una L y una F enlazadas por firuletes violentos. Yo me quedé con *Rayuela* y Florencia se llevó *La importancia de vivir*, aunque luego lo olvidó en un colectivo.

Empecé *Rayuela* un verano después, en unas vacaciones con los tíos en Córdoba. No pasé de las primeras páginas y el libro quedó olvidado en mi placard hasta los dieciséis cuando, luego de otras lecturas que allanaron mi nerviosa incomprensión, volví a intentarlo una tarde en la que regresé del colegio de especial mal humor.

Seguramente no entendí ni la mitad de las referencias, ni los datos eruditos ni el sarcasmo forzado de la prosa, pero me detuve en los mismos lugares que Liliana, como tal vez se había detenido mi padre. La imaginé rubia y de anteojos, aplicada, minuciosa, entre tierna y enojada, escribiendo en los márgenes de una novela la carta más larga del mundo. Era inevitable que ella creciera única en mi fantasía. ¿Hay acaso gesto más entrañable que ése? ¿Cómo sería esa mujer que había emprendido la tarea de limar la pasión autodidacta de mi padre con tanta dedicación? ¿Le habría regalado otros libros anotados? Quizá se trataba de una costumbre, un código amistoso entre los dos. ¿Serían de amor las cartas que guardaba de papá? Tal vez mi búsqueda empezó entonces, en la lectura, tratando de detectar complicidades, mensajes cifrados de una amante o simples coincidencias álmicas entre ellos dos.

Algunos de sus comentarios son exasperantes, admonitorios (capítulo 110, al lado de Anaïs Nin: "Nada que valga la pena"). Otros son obvios (un círculo en el 105 y la palabra "Sí") o insoportablemente feministas (las escenas y comentarios machistas sobre la Maga y otras mujeres están cuidadosamente denunciados con birome roja, hasta que Liliana parece cansarse y sólo anota la palabra "*skip*" al lado de los diálogos, con bastante buena fe, hay que reconocerlo, en el inglés rudimentario de mi padre). Otros son demasiado crípticos, apenas unos garabatos o símbolos que no he podido descifrar. También están los signos de exclamación en el margen, testigos de su lacónica simpatía por algún pasaje.

Hay páginas y páginas sin marcas pero el capítulo 23 es el que está más anotado: frases subrayadas, signos y flechas, comentarios que comprimen al máximo su letra nerviosa en los márgenes. Tal vez era su capítulo favorito, tal vez leyera en él algo que sólo ella y mi padre compartían. Es cierto que hay mucho que a mi padre le hubiera venido bien, aun sin las notas: el concierto de la vieja decadente, las apreciaciones pedantes de Oliveira. Pero quizá Liliana no confiaba en la lectura entre líneas de papá o en su poder de identificación con el personaje indicado. O mejor aún, quizá dudaba (con razón) del amor de Fabio por la lectura y sintió que debía transparentarle la moraleja. Muchas veces jugué a leer las frases subrayadas una detrás de otra como si compusieran la carta, el verdadero mensaje: *interregno feliz, muñeca rellena de estopa, le hizo gracia esa especie de solidaridad, impedirle que siga sufriendo como un perro metida en sus ilusiones que ni siquiera cree* (doble subrayado), *peor que los algodones sucios, yo en realidad no tengo nada que ver conmigo mismo, se orientó como un héroe de Conrad, ir a cualquier sitio donde hasta ese momento no se le hubiera ocurrido ir, era para reírse.*

Otras veces, sólo leía las notas. Por ejemplo, en una página, desde Conrad sale una flecha inquieta, casi calada en la hoja. Termina en el margen superior donde su letra (esta vez de imprenta, como si desconfiara de la claridad de su caligrafía) declara: "El mar más masculino de la literatura". Un punto y luego sigue una frase del mismo Conrad que parece un arrebato, una adenda sin cálculo. La sentencia se escapa en cursivas dilatadas hasta el margen de la página siguiente, las palabras parecen líneas continuas, como en el juego de la papa. Dice, respetando las comillas de una cita: "Ser esperanzado en el sentido artístico no implica necesariamente creer en la bondad del mundo ('implica' subrayado). Basta con creer que no es imposible que así sea".

De modo que las notas podían contradecir el subrayado, matizarlo, agregarle o quitarle el tono esperanzado. También jugaba a mezclar sus comentarios con las frases de la novela. Entonces obtenía combinaciones interesantes o incoherentes que avivaban mi mitología personal llena de historias en las que Liliana fue siempre una mujer impropia, extraña a nuestro mundo del suburbio provincial. Por lo mismo, me costaba imaginarla como una más de las amantes de mi padre. Eso era algo en lo que no quería pensar porque la alejaría de mí definitivamente. Prefería pasar horas distraída con los márgenes, perdiendo voluntariamente el hilo de la novela que ante todo fue, y es todavía para mí, Liliana. ¿La habrá leído así mi padre? Lo dudo. Tal vez ni siquiera llegó a estas páginas. Él mismo me dijo que no había podido acabar el libro. A veces pienso que esas notas son para mí, como si ella me hubiera adivinado y hubiera lanzado su botella al mar, como si solamente yo pudiera entenderla.

La otra respuesta de mamá al abandono fue su deserción de la Iglesia católica. No sólo dejó de ir a misa sino que nos cambió —por tercera vez— de colegio, en parte porque ya no podía pagar las cuotas del Santa Ana, en parte porque ni todos los misterios del rosario ni todas las velas ardidas habían logrado protegerla de la desgracia que ella venía anticipando desde el día de su matrimonio.

La escuela nunca había tenido importancia para papá. Mamá nos plantaba y nos trasplantaba siguiendo el ritmo de sus diagnósticos y convicciones, mientras él permanecía en su universo privado, inaccesible, donde sus hijas entraban de vez en cuando como motivos pequeñitos de un cuadro mayor que sólo él conocía. Siempre había dejado esas decisiones en manos de mamá, que lidiaba guerras incomprensibles con los curas y las monjas de los colegios, alentaba rencores con padres y maestros de los que nosotras salíamos exiliadas a un nuevo círculo de desconocidos.

Lejos de ser traumáticas, esas migraciones escolares fueron para mí como pequeñas excursiones en las que aprendí pronto el valor del anonimato; disfrutaba de sentirme al margen de los juegos de las otras niñas, de saberme transitoria en ese lugar. Conocer los ritmos y las formas de otras escuelas me hacía sentirme superior, más allá de las rencillas y miedos particulares que a las otras tanto podían preocuparles. Intuía que el verdadero peligro era no saberse el guión o no ejecutarlo con suficiente elocuencia. Con una soberbia protectora que a veces se manifestaba como aislamiento y otras como esporádicos momentos de liderazgo, asombraba a mis maestras por mi capacidad de adaptación y de ganar nuevos amigos cuando para mí eran en realidad como los muñequitos troquelados en papel: perfectos en su mundo circular, todos iguales, todos descartables.

Pero este último cambio significó para nosotras nuestra primera salida al mundo real, al menos al mundo real de la escuela pública. En retrospectiva, Florencia y yo consideraríamos a la anterior etapa de rotaciones nuestro "período oscurantista", pues todavía no sabíamos nada de nada. Entonces, yo tenía trece años pero sentía que, como casi todo el país, había vivido todo el tiempo debajo de una piedra y el irse definitivo de papá coincidió con una especie de violencia explicativa del mundo, una serie de despertares abruptos que pondrían fin a nuestra privada Edad Media. El mundo real significó el final de las vidas de santos (que yo había leído salteando las revelaciones y yendo directamente a los martirios, las espinas y las llagas supurantes) y el comienzo de la vida con otros varones que no fueran mis primos (a los que todavía insistía en domesticar con pantomimas de guerras de las galaxias y rondas de estatuas). Todo se volvió cuestión de saber o no saber, mientras el guión era reemplazado por una catarata de improvisaciones. Cortes de pelo, dietas, música grabada de las radios, los ritmos desobedientes de mi cuerpo, el delantal por la túnica, la plaza vacía, minas en tetas en las revistas, el rímel contrabandeado a pesar de mamá, la gimnasia frente al televisor, Mazinger y los Hardy Boys, el Papa visto por un aparatito de cartón con un espejito en la punta, la multitud acalorada por tomos de papilla evangelizadora. Sombra celeste hasta las cejas, auscultación de entrepiernas, corpiños por zapatos de charol, los himnos de la tele como Sancor pero peor, la plaza llena, más Hardy Boys, toqueteos, los primeros asaltos con Coca Cola, polleras plato, comunicados de miles de cifras, minas en tanga, la plaza llena, el americano más vendido, minifaldas, escudos, Kiss y la matanza de pollitos, medias de nailon por vinchas, el fin de las Trillizas de Oro, *graffitis* silenciados, los domingos eternos para la juventud. Las instrucciones sonámbulas de mis maestras, más minas en bolas, banderitas, blanco y negro, más instrucciones, procedimientos, celeste y blanco, DNI, papeles más, papeles menos, fuga en el siglo XXIII, aros de plástico por anillitos de oro, maestras que nos mostraban —como si en vez de un cuadernillo de defensa civil estuvieran siguiendo un manual de demonología— cómo se evitaba cualquier tipo de peligro si uno lograba pararse debajo del marco de una puerta.

En la galaxia sideral de ese renacimiento, cobraron vida unas entidades femeninas extrañas, como las malvadas venusinas de un viejo dibujito japonés, asesinas de ojos verdes efervescentes. Las otras. Esas que luego mutaron en singular, como si las máscaras se les hubieran caído y hubieran revelado una única cara, la cara de la Otra que mamá maldecía de vez en cuando y se negaba a identificar con nombre propio. Pero todos sabíamos que la Otra se llamaba Graciela y era una alumna de papá de la Escuela de Artes.

Tal vez por oposición a mamá, la imaginaba alta, mucho más joven, pelirroja, quebradiza, con voz de contralto, un dedo de más, un pasado exótico. Cualquier cosa que justificara la elección de papá. Si Liliana Fiore había sido durante años un intelecto puro, la palabra afilada y cómplice, una lista de coincidencias, ironías y pretensiones fascinantes, Graciela Luján era un nombre que se abría hacia el femenino absoluto, la gracia, la bomba sexual, cualquier tipo de hipérbole en la que finalmente mi padre se habría liberado. Florencia y yo hablábamos de ella antes de dormirnos. La discutíamos, la censurábamos, la defendíamos y la sospechábamos, haciéndola nuestra en esa vigilia llena de modorras en la que nos sentíamos capaces de llegar a papá a través de ella como si fuera nuestra muñequita vudú.

Durante mucho tiempo sólo supimos que papá se había mudado con ella a los límites del conurbano, en el borde de la línea que lleva a Zárate. Mis padres nunca se divorciaron oficialmente (aunque la ley les hubiera llegado en perfecta sincronía), pero el viejo mandaba dinero en unos cheques amarronados del Banco Nación. Llamaba de vez en cuando, para los cumpleaños u otras ocasiones familiares. Recuerdo unos diálogos inoportunos, nerviosos: "¿Cómo estás, Clau? Te fui a ver el otro día... Ah, seguís yendo a jugar al tenis los sábados, claro, me había olvidado". Las conversaciones eran más penosas para mí que para él. No sabía cómo hablarle a ese extraño que tartamudeaba en cada pregunta y se confundía las palabras, como si sufriera amnesia lingüística o, peor aun, como si fuera más ignorante de lo que yo imaginaba. Algunas de esas conversaciones fueron bastante largas, como si papá tratara de comprimir en una hora los gestos ausentes, los actos de la escuela a los que nunca asistió, las fiebres y dolores que almacenaron nuestros cuerpos, la celebración por nuestros pequeños logros, las respuestas sobre el sentido de la vida o la vocación que tardaban en llegar a los doce, a los trece, a los dieciséis.

Me hablaba como si nada hubiera pasado, como si fuera un compañero de clase, aunque después pasaba meses sin llamar. Una vez me contó casi toda *Ivanhoe* por teléfono, describió con lujosos adjetivos las lanzas y los trajes de los contendientes. Yo perdía mi poca paciencia adolescente con sus monólogos llenos de saltos y explicaciones innecesarias. Pero lo dejaba hablar. Mientras su voz contara una escena de una película alterada por los ruidos de la calle (¿llamaría siempre desde un público o estaría demasiado cerca de una ventana?), yo sentía que teníamos todo el tiempo del mundo, que habría muchas conversaciones como ésa. Tal vez por eso nunca lo llamé, a pesar de que teníamos su número. "El fin de semana", pensaba. Pero ese fin de semana no llegaba nunca y "todo el tiempo del mundo" fue siempre la frase imprecisa que todo lo resolvía, el modo natural de no hacer el gesto necesario, de evitar perdonarlo definitivamente.

Otras veces pensaba que era al revés, que para él no había culpa o responsabilidad, que llamaba simplemente porque no tenía con quién hablar, porque se sentía solo o no tenía nada mejor que hacer. Esas veces lo atendí mejor, sin irritarme porque su llamada interrumpía algo (la charla con una amiga, el laborioso maquillaje antes de una fiesta) o porque simplemente no admitía que fuera él quien impusiera los ritmos esporádicos de ese contacto caprichoso.

Como no sabía qué decirle, le hablaba del tenis o del hockey en la escuela. Me quejaba de cómo mamá insistía en paliar con el deporte mi sobrepeso en aumento. "Vos tenés que hacer lo que te gusta", decía él sin convicción. O se quedaba callado y decía dos o tres imprecisiones sobre el buen criterio de mamá. También le hablaba de lo que leía, Verne, Salgari, libros de los que él podía opinar porque seguro había visto alguna versión en cine o en televisión y entonces me la describía, me hablaba de actores y lugares exóticos como Burt Lancaster o Ulam Bator. Una vez, a propósito, le dije que estaba leyendo *Rayuela*. Hubo un silencio chiquito, luego dijo: "Mirá vos. Yo nunca lo pude terminar, igual es un libro para leer muchas veces, eh. Con esa cosa de los capítulos y los juegos, digo". Y después se largó con un monólogo sobre sus esculturas. "¿Sabés? Estoy haciendo algo grosso, ya vas a ver. Cuando haga una muestra les voy a avisar. Es en madera. Yo ya me había dado cuenta hace tiempo pero me faltaba fe, ¿viste? Yo sabía que en la madera había algo. La gente no se da cuenta de que es el material más noble; si no, no se usaría para añejar el vino, ¿no? No, es un chiste. Pero, en serio, un día de estos te mando unas fotos para que veas en qué anda tu viejo. Me acuerdo que cuando eras chiquita tenías un caballito de madera todo despintado que te encantaba, ¿o era la Flore? Bueno, no importa. Yo siempre pensé que los chicos tienen una intuición más pura para esas cosas, ¿viste?" Las fotos nunca llegaron. Llamó algunas veces más, en las que contó que había empezado a viajar, que estaba muy ocupado porque le habían salido "algunas cositas en el exterior". Es cierto que vino un par de veces de visita, justo cuando nosotras estábamos en la escuela o en alguna otra parte. Luego desapareció. Tampoco volvió a llamar. Entonces empezaron a llegar los cheques. Según mamá, el importe de los cheques siempre variaba. "Manda lo que se le antoja o lo que la otra le deja", era el comentario que hacía mientras guardaba el cheque en la cartera marrón toda gastada que tenía desde que yo iba al jardín. "Bueno, por lo menos manda algo", agregaba después, como a regañadientes, y se le iluminaba un poco la cara, nos hacía bañar y vestir de improviso y nos íbamos a festejar a Palermo o al Jardín Japonés.

Es lógico que fuera Graciela la que llamara y no Liliana. Pero ésa es la lógica de Julián y no la mía, que siempre he esperado de Liliana un gesto revelador, asertivo como sus notas. A veces no estoy segura de querer saber de ella, de su verdadera relación con papá. No sé si quiero indagar en rencillas y desencuentros que la expulsen de una vez del terreno sin pausa de mi fantasía. Además, no creo que ella tenga una mujer manzana. Todo lo contrario: me cuesta mucho imaginarla con una de esas mujercitas toscas guardada en el placard. Ella, que es la hija de un artista famoso, ella que ha vivido en mí una sobrevida insospechada, colándose en mis lecturas como un comentario sobredimensionado acerca del misterio pequeño de la vida de mi padre.

Pero fue Graciela la que respondió al aviso. La atendió Julián. Sacó la cabeza por la ventana del balcón, donde yo leía por quinta vez el mismo párrafo raquítico de una gacetilla de prensa, me pasó el inalámbrico y dijo muy bajito: "Es para vos, Freud. Una mina por la estatua".

Disimulé un poco la risa y estiré la mano casi sin interés, esperando enfrentarme a la oportunista de siempre. Su voz —una voz llana, de cuarentona con demasiada dignidad— no me pareció nada especial o sorprendente.

Durante unos segundos no supe con quién hablaba. Dio algunos rodeos hasta que fue a lo que le importaba: en medio de una oración inconclusa en la que su voz perdió firmeza y se le afinó en un chillido, me preguntó cuánto valía la escultura. Estaba convencida de que debía costar una fortuna. La había guardado todos esos años esperando que se "valorizara". Cuando llegamos a ese punto dijo su nombre. Le contesté que no estaba segura, que necesitaba verla. Fijé la cita para lo más pronto posible y sentí un vértigo suave, como de parque de diversiones. Me acordé de Nina y su relato desbocado. Mentí con convicción, con satisfacción de reincidente.

4

La falta de parecido físico fue una ventaja inesperada. Hay que mirarme bien —y no con los ojos de la memoria— para hallar en mi cara redonda y mi nariz demasiado respingada alguno de los rasgos enérgicos y filosos de Fabio Gemelli. Los kilos de más ayudan, cortesía de mamá y su cariño inducido por pucheros y pasteles, además de mi natural tendencia a la desmesura y el chocolate.

Hice el viaje en tren, aunque podría haber ahorrado tiempo tomando un remís. Quise ir lentamente, degustar el aire raído de la provincia de a poco, pero ni bien me senté me quedé dormida, como si dormir fuera una forma de negar mi investigación ridícula. Me desperté en la estación de transbordo con esa sensación de vejación que siempre me produce compartir algo tan íntimo con extraños, como si dormir fuera desnudarse, peor aun, definirme en ronquidos y babas para el mundo como un Botero viviente. Abandoné mi asiento y me quedé parada el resto del viaje, apenas dos estaciones.

La casa de Graciela Luján está en la zona que llaman El Talar. Es un chalet diminuto, en medio de un terreno lleno de árboles, seguramente alguna vez fue una quinta de fin de semana como muchas de las casas de la cuadra en un barrio que hace relativamente poco empezó a alojar porteños venidos a menos, microemprendimientos, músicos hastiados de la ciudad, ex hippies, proyectos.

No sé qué esperaba. Cualquier cosa menos esa mujer que parece una secretaria venida a menos, aunque una plaquita de bronce en la puerta de su casa anuncie que es "Podóloga y Depiladora". Por alguna razón, la palabra "podóloga" se me instaló en la cabeza durante toda la entrevista. A cada palabra de esa mujer yo sólo podía pensar en cómo se gana la vida, sondeando callos y mondando durezas, atendiendo a los crujidos mínimos de los pies de sus vecinos.

Graciela Luján es una mujer alta, rubia decolorada, de edad indefinible a no ser por el cabello cortado en ese estilo rebajado, lamentable, que marca el rito peluqueril de ciertas mujeres que han pasado los cuarenta y han renunciado, entre otras cosas, a los azares de la cosmética. Su ropa —jeans y remera negros— hacía juego con la contención de su peinado. No dejó quietas las manos en toda la entrevista. Se corría el flequillo, se interrogaba las uñas, dibujaba firuletes en el aire con cada palabra, pero en la hora y media que duró la visita nunca dejé de pensar en pies, pies llenos de protuberancias, deformados, talones cuadrados, juanetes: la materia prima que esas manos inquietas tocan a diario.

Me esperaba con la escultura sobre la mesa de la cocina. A primera vista noté que era un poco diferente de la de Nina: menos pulida, apresurada. Como si luego del vaciado mi padre no se hubiera molestado en quitarle los sobrantes, suavizarle las aristas. Se veía en las rodillas o al costado de la nariz, donde un excedente de material le había creado un grano que le daba un aire adolescente.

—¿Qué? No me vas a decir que no es la que pedías en el aviso.

—No. Claro que es. Es exactamente lo que decía el aviso.

—¿Entonces? Mirá que Gemelli me la regaló hace una pila de años, eh. No vas a pensar que es una falsificación o algo así. —Hizo una pausa y el primer pie amagó entrar en escena.— ¿Entonces? ¿Vos cuánto pensás que vale? —Se dio vuelta para sacar la pava del fuego. Mientras vertía el agua en un termo colorado apareció el pie completo, la planta amarillenta entalcada para la consulta en primerísimo primer plano. Un pie masculino, seco, seguramente el de un oficinista que usa medias demasiado ajustadas que le cortan la circulación.

—No sé —dije sin pensar, como para ahuyentar la visión.

—¿Cómo que no sabés? Vamos, yo sé muy bien que Gemelli era grosso. —Volvió a su silla frente a la mía, la escultura entre las dos.— No me vas a decir que no. La gente puede que no se haya dado cuenta, eso pasa siempre en la Argentina... —Puso su mano sobre la manga de mi campera. Afuera llovía sin ganas. Entonces avanzó un pie pequeñito, como un buñuelo, un pie sin talón, con las uñitas coloradas: un ama de casa que se pasa el día fregando pisos.—

Puede que no se dieran cuenta en el momento, pero Gemelli era un grande.

—Pero es que yo no me dedico a la compra-venta de arte. No tengo ni idea.

—Pero vos estás escribiendo una biografía sobre él, ¿no? Tenés que saber. ¿No viste a otra gente? Expertos, digo yo. ¿No? Hay gente así. Que la puede venir a ver, que me puede decir un precio... Yo siempre se lo decía a él, ¿sabés? Algún día. Algún día, Gemelli, alguien me va a pagar una millonada por tu mujercita.

Entonces, entendí. No tenía intenciones de vender la estatua. Le alcanzaba con saber que valía algo, lo que fuera. Antes de que apareciera un tercer pie le dije que sí, que seguramente la estatua valía mucha plata, que por eso no quería arriesgarme a decirle un precio equivocado. Que mejor consultara con alguien del ramo. Que le iba a conseguir el dato de un conocedor. Creyó todas mis mentiras con docilidad. Con diligencia. No le interesaron. Una vez que quedó claro que la escultura valía tanto que ni siquiera la biógrafa de Gemelli se atrevía a darle una suma, habló casi sin que yo se lo pidiera, como disfrutándolo, como si hubiera querido hundirse ella misma en la historia del éxito de mi padre, borrando omisiones y fracasos en su propia historia.

A la vuelta, me senté de espaldas al camino. Nunca puedo dormir cuando las cosas se alejan y, además, siempre me ha gustado sentarme al revés en los trenes, sentir que cada metro es una despedida. Mientras los otros duermen sus sueños de estampidas y cumbres, yo cuento mi vigilia de nimiedades, dibujos de tiza barridos por el sol del mediodía, suburbios deshabitados, las casas empequeñecidas por la velocidad, las caras agotadas que se van yendo mientras el tren se aleja de la estación. Igual me hubiera sido imposible dormir. Había salido de la casa de Graciela en un estado efervescente, casi feliz. Como si bastara que ella elevara la estatura de mi padre para que yo también lo viera diferente, no como el que era sino como el hombre que él hubiera querido ser.

Gemelli era de los duros. De esos que entran al aula, miran alrededor desde la altura descomunal del cargo, se pasean con las manos cruzadas detrás de la espalda y te lanzan un discurso parco y desmoralizador sobre la disciplina y exigencias de la carrera artística. Como el de la negra de Fama. *No te rías, él era así, te lo juro, te daba el discursito inicial y vos te quedabas con la carbonilla en el aire. Para que me entiendas, te tendría que contar toda la escena. Mirá, en el camino hasta el escritorio se paraba, mordía una de las manzanas que estaban sobre la mesita con las botellas para la naturaleza muerta, después la volvía a poner en su lugar, la acomodaba para que le diera la luz, levantaba la vista, y nos miraba sin vernos y gritaba: "¿Qué me miran a mí? ¡Copien!". Después iba y se sentaba sobre el escritorio donde masticaba despacito el pedazo de manzana y enseguida encendía su cigarrillo de las siete y diez am (es que una vez Lucio y yo se los contamos y fumaba como un metrónomo, cada ocho minutos, era una bestia, aunque yo nunca me metí con eso porque era cosa suya, ¿viste?, a él lo que menos le gustaba era que alguien le dijera lo que tenía que hacer).*

Pero la cosa es que la primera clase se venía con la prueba de la manzana. Por ahí podía variar, pero ésa fue la que me tocó a mí y no me la olvido más. Como yo tenía cero experiencia y me sentía medio rara por estar ahí con los pibes recién salidos del colegio, me quedé como paralizada, ni siquiera tenía idea de cómo pararme delante del atril, me puse a pensar que mejor le hubiera hecho caso a mi vieja y me hubiera anotado en la escuelita de cerámica de la Municipalidad pero, bueno, ya estaba, la cosa es que no me salía nada, me entretuve haciendo formas y garabatos porque no podía dejar de mirarlo. Todos lo miraban, aunque sea disimuladamente, mientras dibujaban paraditos en círculo y cagados de frío. Es que hacía un frío terrible y eso que era marzo pero igual había que dejarse el abrigo puesto porque la escuela ya por ese entonces estaba hecha mierda, entraba viento por todos lados, así que encima que tenías las manos agarrotadas, casi no podías moverte de tanta ropa que tenías puesta. Algunos ni sabían cómo agarrar la carbonilla, pero él seguía ahí, como si nada el tipo, fumando en camisita. Después empezaba a caminar por detrás de nosotros, despacito. Pasaba y te señalaba un detalle, te alzaba la mano para que dieras con el ángulo correcto, te marcaba cómo tomar distancia de lo que veías o nada más se quedaba unos minutos detrás tuyo, sin decir nada y vos lo único que sentías era su respiración y el humo de los Parisiennes y empezabas a sudar frío y no te animabas ni a darte vuelta para mirarlo. A veces te pegaba un grito en la oreja y te hacía

arruinar el pliego de un rayón y después seguía caminando como si nada, sonriendo con la mitad de la cara.
Si te pasaba por alto, nunca sabías si era porque estabas
haciendo todo bien o porque no valías la pena. Que yo
me acuerde, nunca dio clase. Digo, así de pararse y explicar, de dar cátedra, como se dice. Y eso que tenía ver-
so, eh, podía hablar durante horas y lo hacía, pero hablaba de cualquier cosa. Sí, de arte también hablaba
pero lo que digo es que él no se iba a poner a explicar
métodos y técnicas así como hacía la de Sistemas de Re-
presentación o Doval, el de pintura. Gemelli no te explicaba nada, pero no sé cómo igual aprendías.

Al final de esa primera clase nos separó en dos gru-
pos, nos fue dividiendo a dedo, como si estuviera por jugar fútbol y tuviera que elegir jugadores. Cuando nos
tuvo divididos en dos, se paró en el centro, al lado de la
mesita y, señalando al primer grupo, dijo: "Ustedes me
enternecen, che. La verdad que no lo puedo creer. Que
todavía haya gente que cree en la realidad y encima crea
que tiene la misión de capturarla, gente con vocación de
servicio... yo los felicito, la verdad. Son de esos 'artistas
comprometidos', más viejos que la escarapela, ésos que
están y estuvieron siempre al servicio de la sociedad,
que están en el mundo por si acaso el resto de la gente
fuera ciega o idiota y no viera las cosas como son. Muy
bien. El problema es que 'las cosas como son' en general
son muy feas, una mierda, bah, y si el artista no se da
cuenta de eso, si el artista no tiene ni ojos ni olfato ni
oído ni gusto para eso, si no distingue un pomo de lo que
pasa en ese dominio misterioso que se llama estética, mejor que se dedique a funcionario o a periodista porque
con esa vocación de servicio es lo mejor que le puede pa-

sar". Pobrecitos, los de ese grupo eran los que habían dibujado la manzana con el agujero del mordiscón y todo. Entre los del segundo grupo, no todos habíamos dibujado la manzana completa, como si el agujero no existiera, algunos no habíamos llegado ni siquiera a un boceto, ¡ni siquiera habíamos terminado las botellas del fondo!, pero supongo que Gemelli nos daba el beneficio de la duda. Nos miró un rato en silencio y dijo, súper amargo: "Y ustedes tampoco se crean Da Vinci, eh, seguramente la mayoría deben ser unas bestias. Pero hay esperanza. Porque al menos tienen intuición. Las cosas como son casi nunca valen la pena y si uno no agrega su visión, lo único que nos queda es esto —dijo señalando uno de los dibujos del primer grupo— una falta, un agujero que salta desde el cuadro y nos morfa a todos". Hizo una pausa, se encendió otro pucho, cerró los ojos un segundo, yo pensé que iba a agregar algo pero en cambio sacudió la mano fastidiado y nos largó con un "suficiente por hoy".

BANCALARI, la palabra en cemento viene cargada de un tufo familiar, la voz de papá en un tango seseoso, el relato de veranos velados en blanco y negro cuando el río era un río y no la mancha hedionda que se adivina a la distancia. Entonces, la estación era un destino y no una muesca en el mapita de TBA donde alguien ha pegado una calcomanía de los Stones. Pero para ellos, los que sonríen desde el portarretrato de mi escritorio, el nombre tenía lustre de balneario, era adonde iban a parar todas las frutas y canastas arrastradas por el coro de muchachas de percal. Las tías con peinados de salón sonríen duplicadas en fila. Atrás, unos hombres desconocidos alardean a la cámara en maillot como si fueran luchadores de catch. Un poco más lejos, mi abuelo se apoya en un árbol como sopesando o componiendo la silueta diminuta de papá que juega en la orilla, los pantaloncitos cortos enchastrados de barro. No debe tener más de seis años. Sacude la caña de pescar como si quisiera deshacerse de ella en lugar de lanzarla hacia el río. Le brillan los ojos. En las mejillas regordetas (pero sólo allí) hay algo perdido para siempre: un borrador de mi cara, protoversión elidida por los años que recompongo una y otra vez mientras el tren atraviesa el falso verde de parque de los suburbios y avanza hacia la Capital en verde y cemento, cemento y verde, va hacia más alambres y *graffitis* disecados, hacia el verde inútil del Gran Buenos Aires, más allá, hacia el centro, donde ya no queda nada del río, sólo agua podrida y carteles evangélicos.

¿Yo? No sé, la verdad que no supe qué pensar de él, aunque me hubiera tocado estar en el grupo menos malo, eso fue nada más que una casualidad. La verdad es que yo no sabía ni por qué estaba ahí. Me había anotado en la escuela después de rebotar dos veces en el examen de arquitectura, ni siquiera estaba muy convencida de la cosa, ni creo que me importara tanto, ¿viste? Nunca me creí una artista y las cosas que me salieron, me salieron de casualidad. Pero después de tener a un tipo como Gemelli, me entraron las dudas. ¡También,

con esa soberbia! Me acuerdo que pensé: "¿Y éste quién
se cree que es?". Es que él tampoco estaba tan viejo como
para representar ese papel de soberbio y amargado, te
aclaro que yo sentía que era un tipo casi de mi edad, que
si me lo encontraba en otro ambiente, otra hubiera sido
la cuestión. Eso era lo que te chocaba, que el tipo no debía llegar a los cuarenta pero igual tenía esa presencia,
¿viste?, como si ya hubiera vivido un montón. La verdad es que estaba bastante arruinado para su edad, por
ahí fue eso lo que me gustó. Siempre andaba vestido como un zaparrastroso y aunque ya estaba medio pelado
se dejaba el pelo de atrás demasiado largo. Le quedaba
horrible. Pero era alto y tenía unos ojos negros divinos,
con las pestañas larguísimas, si te fijabas bien hasta tenía algo dulce y siempre tuvo ese vozarrón que llenaba
cualquier aula, no te voy a negar que me gustó de entrada y mientras me volvía en el colectivo me fui haciendo la cabeza hasta que me pasé de parada y casi termino en Ballester.

Por supuesto. A él también lo perseguía su fama y eso
le agregaba encanto, en eso tenés razón. Todo el mundo
sabía que era un mujeriego y, si te guiabas por los chismes, se las había cogido a todas, profesoras y alumnas.
No sé cuánto de eso era cierto, la verdad es que no parecía, porque era bastante hosco. Daba su clase, juntaba
sus cosas y se iba, nada de darte charla o quedarse después de hora. Cómo explicarte, él sí tenía la pose del artista, te dabas cuenta de que no era como los demás, que
eran todos unos fracasados y siempre le tuvieron envidia. Se decían muchas cosas de él, que había conseguido ese puesto nada más que porque tenía amigos peronistas en la Municipalidad que lo habían acomodado,

y aunque él no tuviera ni título ni renombre que lo avalaran, hasta decían que en cualquier momento lo ponían de director. ¿Te lo imaginás a Gemelli de director? Un disparate. Si el pobre no podía organizar ni sus propias herramientas, todo lo perdía. Me acuerdo que llegó a tener una colección preciosa de fotos de principio de siglo que se le fueron perdiendo una por una, y en un viaje hasta perdió un dibujo a lápiz que le había regalado Fiore. Pero a la gente le encanta hablar. Yo creo que aunque le hubieran ofrecido el puesto, él nunca lo hubiera aceptado, a Gemelli nunca le interesó meterse en política y mucho menos ser un administrador. Era demasiado idealista. En los pasillos lo veías hablar solamente con Zúñiga, el de grabado. Es como que estaba en la suya. Otra cosa era lo de las minas, porque ahí ninguna podía decir que la hubiera engañado. Siempre usaba su anillo de casado y todos sabían que tenía hijos y todo, pero a mí qué me importaba todo eso, como yo le decía a Lucio (mi amigo, ése que te dije que ahora diseña ropa), yo tampoco lo quería para casarme, ¿viste? O al menos eso creía.

Pero la verdad es que me encantaba, me acuerdo que a la clase siguiente me fui en remerita y me pesqué una gripe terrible, pero me aguanté toda la clase paradita con la espalda bien derecha como una modelo, borroneando con la carbonilla, mirándolo y mirándolo como una boba. Pero él ni pelota, empezó su ronda por el otro lado porque mi atril estaba cerca del escritorio, se fue deteniendo en cada uno con sus comentarios irónicos o sus bromas implacables, que a la larga se fueron haciendo habituales pero que todavía sobresaltaban a algunos, como a un flaco, pobrecito, que le dijo: "Bien, pibe,

cuando te saques el yeso de la mano vas a mejorar en se-
guida". Obviamente que el flaco no tenía ningún yeso,
lo que tenía era un miedo mortal porque a él lo único
que le salía de verdad eran las cosas improvisadas, sobre
todo con óleo. A mí no me dijo nada, pero se quedó pa-
rado detrás de mí un buen rato, ahogándome con el hu-
mo del cigarrillo que me pasaba por el cuello y subía
hasta el pliego de papel, lo podía sentir respirar fuerte y
cerca y me empezaron a doler las manos del frío y en-
tonces lo sentí levantar un brazo, como si fuera a tocar-
me y toda la espalda se me endureció de golpe, como si me
hubieran tirado un baldazo de yeso y ya no aguanté
más, me di media vuelta y salí corriendo al baño, ¿po-
dés creerlo? Como una nena.

Sé que lo que recuerdo ahora no es una fotografía. Es otra cosa. Es como recordar no una cara o un
perfil sino la ausencia de ellos, ausencia que la imaginación multiplica en miles de posibilidades: las mejillas más hundidas, las arrugas de la frente como ta-
bla de lavar, la nariz que los años han empujado hacia
adelante. Pero ella tiene fotos. Fotos que anularon todas esas virtualidades fabricadas con paciencia en los
últimos años. Las sacó de entre un montón de chu-
cherías amontonadas en un cajón de su cómoda. Lo
hizo sin que yo se lo pidiera, con la excusa de mostrarme una de las esculturas de madera que nunca
apareció. Papá estaba en todas, entorpeciendo con
elegancia obstinada mi retrato. Siempre más alto o
más pelado de lo que debería. Eso sí, la espalda de
siempre, erguida como la de un militar. Gemelli el

escultor, apoyado en el marco de la puerta del taller con un punzón en la mano; Gemelli con la misma cara de orgullo mientras atiza el fuego del asado en el quincho de la casa; Gemelli siempre listo para la pose, aun cuando sostiene a quién sabe qué niño en brazos; Gemelli en las nimiedades, tal como era en todos esos días lisos, larguísimos, los días en los que jamás lo conocí. "Gemelli en la cotidianeidad", hubiera dicho mi biógrafo berreta.

Y sí, él nunca dejaba de ser él mismo, ¿sabés?, él era Gemelli las veinticuatro horas del día, a veces creo que eso le demandaba un esfuerzo terrible y siempre pensé que era como si se consumiera, como si se quemara por dentro. Algo de eso habría porque nunca tenía frío, aunque fuera pleno invierno, él vivía con las ventanas abiertas de par en par. Tenía miles de manías que hacían que la vida nos pasara por un costado, como si afuera el mundo se dedicara a sus tareas y nosotros dos lo estuviéramos sosteniendo gracias a nuestras rutinas extravagantes. Tomábamos mucho en esa época. Después, él se sentía culpable y se autorrecetaba períodos enteros de depuración en los que sólo consumía agua, pan de salvado, orégano. Ésa era una versión. También estaba la depuración estética. Cuando venía de esos fines de semanas de puro alcohol y cigarrillo, entraba en sus semanas blancas. No te rías, no es metáfora. Es literal la cuestión. Comía nada más que cosas blancas: arroz, leche, claras de huevos, yogur natural, como si el cuerpo fuera a procesar las teorías del color de los suprematistas y se curara a fuerza de combinaciones de la luz, como si el

*ojo comunicara a las cosas sus esencias armónicas. ¿Te
parece muy loco, no? Tenía unas teorías en las que mezclaba el círculo de los colores de Kandinsky con doctri-
nas hindúes. También practicaba yoga. Yo le seguía la
corriente. La nuestra nunca fue una relación en la que
yo tuviera tareas, ¿viste? Eso era lo bueno. Yo ni siquiera tenía que cocinar o limpiar o nada. Sólo tenía que
estar ahí. Y quería estar ahí, por supuesto. La casa era
un desastre, más bien parecía un corralón, materiales
por todos lados, pliegos de papel, pintura, ropa, trabajos
de los alumnos. Pero a nosotros nos encantaba. En esos
períodos de depuración yo sabía que era mejor no moles-
tarlo. Se encerraba en su taller y empezaba su lucha
cuerpo a cuerpo con la madera. No compartía nada de
lo que hacía hasta que lo terminaba, ni siquiera quería
mostrarme los bocetos. Decía que le traía mala suerte,
que en el pasado eso de compartir sus ideas y no sus obras
era lo que lo había hecho estancarse, como si el hecho de
contar una idea la destruyera. Al poco tiempo de mudar-
nos, convirtió la segunda habitación en su taller. Era
la más grande de la casa, pero yo no le dije nada, para
mí todo estaba bien en esa época. Cómo es una cuando
está entusiasmada, ¿no?*

Qué diferente de Nina. No dijo enamorada. Dijo
entusiasmada. Como si supiera que el entusiasmo es
un sentimiento superior al amor. El amor es al fin y
al cabo algo que uno soporta pasivamente. El entusiasmo, en cambio, te arroja al mundo en oleadas de
inspiración, de fe. Hubo un tiempo en el que esa palabra significó "estar poseído por un dios o por un es-

píritu". O algo así, ya no me acuerdo, tendría que buscarla en un diccionario etimológico. Pero hay algo de eso en la palabra. Entusiasmarse es estar condenado a creer. Y a actuar en consecuencia. Claro que no se puede vivir así. Hasta alguien como Graciela se da cuenta. Por eso, llegado cierto punto, se necesita hablar del amor. Vivir en esa finitud. Porque el amor languidece como en todos los boleros, como en las mejores cumbias. Ahora mismo, si pienso en Julián, veo sólo un dios cegatón que nos tiende las camas todos los días, nos ahorra las caricias y los estribillos repetidos, nos amarra felizmente a los lugares comunes, que son, en definitiva, los únicos en los que es posible vivir.

Y en cambio te olvidás de las cosas más recientes o las más feas. Porque por ejemplo yo nunca pienso en la última época, cuando los dos estábamos deprimidos, ya nos habíamos mudado acá, que es más chiquito, y había días en los que no podíamos ni movernos sin escupirnos en la cara. Pero por ahí debería hablarte más de esa época, me imagino que si van a escribir un libro les va a interesar más eso que cómo nos conocimos y mis técnicas estúpidas (pero efectivas, guarda, eh) de seducción. Porque yo sé que la época que vivimos juntos fue su mejor etapa, cuando empezó a irle bien de verdad, cuando lo abandonó todo, la arcilla, el yeso, los vaciados y el bronce, y se dedicó de lleno al gigantismo y la madera. Es como si hubiéramos coincidido, la madera y yo, digo. Bueno, sí hizo algunas otras cosas en bronce después, pero fueron por encargo, pero eso se acabó cuando pasó lo de los portugueses. Sus proyectos eran diferentes. Empezó a decir que los únicos materiales nobles eran los que... ¿cómo era?, eso, los que no se doblegaban, como el mármol o la madera, ésos a los que había que, como él decía, había que darle a puro músculo y cincel. No, esas cosas blandengues y femeninas no eran para él, y así era Gemelli, ¿viste?, cuando algo se le metía en la cabeza no paraba, era un obsesivo terrible. Pero eso es algo que los dos teníamos en común, yo también me obsesiono con las cosas hasta que me salen, aunque a mí él me costó un poco, eh, no te lo voy a negar. Un laburito de todo un cuatrimestre. Me trataba como a cualquiera aunque yo sabía que le gustaba porque esas cosas las sabés, pero no entendía qué estaba esperando, más luces yo no le podía hacer. Pero te digo que a veces me conformaba con imaginármelo, ¿sabés? Me pasaba horas pensando cómo sería, ¿vos no creés que si uno piensa mucho tiempo en algo, con mucha intensidad, después se cumple? Yo creo que sí. Gemelli también creía en esas cosas, tenía un amigo que sabía de teosofía, Willy. Era medio ocultista o algo así, una vez nos explicó que la cosa tiene que ver con los dos planos, el astral y éste, el de la materia. La mente crea cosas en el plano astral, y si les da suficiente energía se cumplen en el de la materia, eso pasa hasta con las obras de arte, pero, claro, no hay garantías de que se te cumplan en esta vida, puede pasar en cualquier otra. La cosa es que yo en esa época no sabía nada de todo eso pero igual me pasaba el día pensando en él. Salía con mis amigos y todo me parecía insulso, aburrido. Así que andá a saber, habré hecho bien los deberes en el plano astral porque un día tuve que ir a la escuela a la noche y me metí sin ninguna inocencia en el

taller de escultura de tercero, que ya terminaba. Él esta-
ba juntando sus papeles mientras hablaba con un alum-
no. Se había empezado a dejar la barba y parecía toda-
vía más grande pero a mí me gustaba cómo le quedaba
(aunque después nos reiríamos juntos de que era un in-
tento patético por salvar lo de la pelada).

En definitiva, es una historia de amor lo que uno
quiere oír. Pero no la propia. Si pienso en la mía, me
da risa. Si pienso en Julián, en la fiesta donde nos conocimos... qué material para un bolero, con nuestros
amigos de fondo discutiendo sobre Althusser. ¿Cómo se hace para elevar a crónica la curva alisada de
una sonrisa en la esquina de una fiesta, el roce alen-
tador entre copas y servilletas de la primera vez? Hay
algo en todo eso que siempre se resiste a ser contado,
insiste en no deslizarse hacia el cariño parco que los
años nos garantizan. Por eso siempre es mejor la historia ajena. Aunque convierta a mi padre en un se-
ductor de tira cómica de los sesenta. Una especie de
Isidoro venido a menos, si eso fuera posible. Es graciosa la escena improvisada en las aulas de la Escuela de Arte y se parece tanto al Fabio que yo he imaginado en estos años que no puedo evitar sonreír un
poco mientras el tren sale de la estación de José León
Suárez y llueve un poco más mansa la lluvia que
traen los pasajeros en sus impermeables y sus diarios
arrugados. Y podría ahora meditar sobre el paso del
tiempo, sobre cómo se me han ido meses en la vida
de papá y el tren apenas ha recorrido tres estaciones.
Pero yo no soy el tipo ese en el cuento de Cortázar, el

que duda entre tocar la mano de la desconocida o entregarse a meditaciones existencialistas sobre el paso del tiempo. Yo me entretengo con las cosas más pedestres y nunca, nunca tocaría la mano de un desconocido en el pasamano hundido de estos trenes destartalados. La verdad es que la idea no es ni siquiera romántica. Claro, habrá que estar en París para hacer de eso un cuento. Ni siquiera recuerdo el título. Seguramente es uno de los que Liliana censuraría de un navajazo. "Huele a asado familiar, lleno de chismes, perecedero", dice una de sus notas más crueles. Algo así hubiera dicho, o lo hubiera escrito en los márgenes, con su letra atolondrada. Porque en ese cuento ni siquiera se contaba una historia de amor, y cuánto mejor es oír una, aunque el protagonista sea papá y eso la rarifique, la vuelva impertinente, artificial.

Cuando el pibe se fue, Gemelli abrió la puerta de un armario y empezó a buscar algo, sacó todos los punzones y placas que guardaban los de grabado, las chapas, todo. Me quedé parada en el marco de la puerta mientras él revolvía el armario. En eso veo que saca una escultura chiquitita y la deja sobre el escritorio. Era como una mujer arrodillada pero hasta que no me acerqué no me di cuenta de que era una estatua de Eva. Claro que te dabas cuenta en seguida que no podía ser otra cosa porque del cuerpo le brotaban manzanas, como si el castigo del que habla la Biblia no fuera nomás parir con dolor, sino que pariera manzanas como tumores en el pecho y en las rodillas. Estaba hecha de bronce pero se notaba que no la había pulido todavía, o tal vez la ha-

bía dejado así a propósito, llena de rebarbas y excoria-
ciones como para aumentar el efecto de la maldición,
pensé, aunque la expresión de la cara no era como de
arrepentimiento, era más bien una cara como de gloto-
nería, de desafío. Me pareció rara y a la vez hermosa,
rara porque Gemelli no se metía nunca con temas bíbli-
cos, ¿sabés? Y menos en estilo figurativo, por esa época ya
andaba bien abstracto, pero entonces oigo que me dice
"¿qué pasa, Luján?, ¿le gusta?", yo nada más me reí y
dije que sí con la cabeza, me entró la timidez. Es que
ya a esa altura nos habíamos acostumbrado a las pre-
guntas engañosas de Gemelli, bastaba con que le dijeras
que algo estaba bien o era lindo para que él te diera
vuelta la mitad de tus argumentos en contra, pero, cla-
ro, no iba a hacer eso con una obra de él, ¿no? Así que
ahí nomás me largué a hablar, ni me acuerdo qué dije.
Pavadas, seguramente. Sobre la escultura y las formas y
los materiales, y que me parecía muy bueno lo de las ex-
coriaciones aunque se parecía un poco a esa Eva de
Gauguin que tiene el pelo larguísimo, tan largo que se le
enrosca en los pies, como si fuera una serpiente, como si
ella y la serpiente fueran una sola cosa. Él me miraba
como divertido con mi discursito, mientras metía las co-
sas de nuevo en el armario, enrollando pliegos y revol-
viendo cajitas con espátulas y cinceles, y yo seguía ha-
blando de puro nervios, nada más que para llenar el
vacío. Sin darme cuenta, había apoyado la mano en la
cabeza de la escultura, que parecía que me miraba tam-
bién con esa cara de satisfacción tan rara, me había in-
clinado un poco para verla mejor y entonces le estaba
diciendo estas cosas a Gemelli cuando de golpe siento
que me tira del pelo y me levanta la cabeza, pone sus

manos sucias detrás de mis orejas, los pulgares en el cue-
llo y ahí nomás me da un beso. Nos quedamos un rato
así, sin importar que la puerta estuviera abierta y cual-
quiera pudiera vernos. Al final, todavía sosteniéndome
la cabeza, me mira y se ríe con una risa medio sinies-
tra, de ésas que después yo le voy a conocer tan bien, y
me dice: "Te la regalo, Luján, si estás tan segura de que
te gusta".

Pero cuando salimos no teníamos adónde ir, tampo-
co lo íbamos a hacer en el auto, ¿no? Él andaba en su
Taunus desvencijado —después hasta eso tuvo que ven-
der porque la bruja de la mujer lo tenía harto con el te-
ma de la plata— y ya era tarde, así que me llevó a mi
casa. Te juro que me acosté feliz y no podía dejar de mi-
rar la escultura en mi escritorio como si fuera una prue-
ba de que las cosas habían pasado de verdad y no era
nada más que mi imaginación.

La cinta tiene al menos la virtud de acallar las voces de los vendedores ambulantes. Avanzan mudos,
blandiendo las cajas de curitas, las afeitadoras, los
discos truchos o sus instrumentos musicales, pura
elocuencia del gesto desesperado que la falta de sonido acrecienta. El desfile ha sido constante desde que
subí y empezamos el lento peregrinaje hacia la Capital. Pero este chico con el tambor es poderoso, me
arranca los auriculares con una sola mueca de su boca torcida. Trato de perseguirle las palabras detrás de
los sonidos pero allí no hay nada, es carne viva verti-
da en borbotones. Termina el parlamento elevando
un par de chillidos que apagan los golpes en el redo-

blante. Toca un ritmo de murga. La mayoría de la gente ni siquiera lo mira. Yo misma preferiría no mirarlo, pero la boca de la que cuelga un hilo de baba como en los pacientes psiquiátricos es un imán irresistible. Todos en el vagón se apresuran a darle moneditas, billetes de dos pesos, lo que sea, con tal de que la aparición circule y vuelva lo más rápido posible a su infiernito privado. Pero en la entrada del vagón hay toda una procesión de mendigos. Apenas se ha ido el chico y ya aparece un vendedor de lapiceras. Detrás alcanzo a ver una vieja con un bastón. Arrastra una pierna. Viste de gris de pies a cabeza. Tiene el pelo largo y blanco atado en una trenza prolija. Afuera, apaciguados por la lluvia, se mezclan un desarmadero de autos y un basural colorido. Un poco más allá, una rotonda con una estatua ecuestre me regresa a la cinta.

Bueno, la cosa es que no trajo casi nada del taller que tenía en su casa. Se vino nomás con la ropa y las herramientas. Nada de materiales. Al poco tiempo, empezaron a llegar fletes con pedazos enormes de madera: robles, pinos, raulíes, quebrachos. Me acuerdo que llegué del trabajo —yo en esa época trabajaba en una inmobiliaria— y la casa entera olía a bosque, como si nos hubiéramos mudado a un cuento para chicos. Gemelli estaba parado en el medio de ese bosque artificial midiendo cada espécimen como si en vez de escultor fuera biólogo. Mirá que él era alto, pero algunos de los bloques eran todavía más altos que él. Se veía regio entre sus árboles muertos, como si estuviera midiendo a su

enemigo con cariño. "No me mirés con esa cara de sa-
bihonda, Luján, porque todavía no sabés nada. Para el
mármol estamos muy pobres pero te juro que éstos —se-
ñaló entonces los pedazos— van a durar de verdad."
Después me hizo tocarlos uno por uno, para que recor-
daran cómo eran antes de que él los transformara, la
palma de mi mano o mi mejilla arrastradas sobre las ve-
tas y hendiduras, una por una hasta llegar a un pedazo
de pino blanco y lleno de nudos, donde nos quedamos
abrazados largo rato. Terminamos acostados en el piso
lleno de virutas, el sol entraba por las ventanas de par en
par como si fuera a asfixiarnos de tanta luz y todo olía
de verdad como un cuento de hadas, hasta el viento frío,
que se colaba por todas partes y levantaba remolinos de
polvo y astillas, como si buscara mover las ramas que ya
no existían. Siempre que huelo madera, me acuerdo de
él y de esa tarde de invierno, me voy acordando despa-
cito de cada detalle porque así es como yo quiero llevar-
me a Gemelli para siempre en la cabeza, ¿sabés? Lleno
de entusiasmo y de promesas, como esos árboles muertos
que en realidad eran seres en estado puro, esperando y
oliendo a libro, a cosa antigua y nueva a la vez, a su-
dor, a sangre contenida, a cosa a punto de brotar.

SAN MARTÍN. Tal vez he dormido un poco, un
sueño negro lleno de chillidos. La estación está igual
a la de mi recuerdo. Pero contrariamente a lo que esperaba no siento un vuelco del corazón, no tengo un
momento proustiano o alguna revelación particular
luego de ver el cemento renegrido de los andenes, las
huellas de grasa en las fachadas de los bares con sus

banquetas de colores y sus vidrios destruidos a pedradas. No siento nada. Ni siquiera un pedazo de mi infancia que vuelve. Sólo hierro y cemento y fritos de tortilla en la cara de la gente apiñada en el andén opuesto, empujándose como todos los días. No siento nada excepto esta idea de suciedad como una masa, como una cosa informe que brotara de la tierra misma y sofocara hasta las imágenes más puras. Por eso me hundo en la melancolía de Graciela como si fuera mía. Prefiero su bosque artificial, perderme también yo en la madera como si por fin entendiera la filosofía lista para usar de papá, como si sus incoherentes monólogos telefónicos sobre los materiales nobles y la intuición artística alcanzaran a ordenarse, adquirieran al fin un sentido pequeño, acusatorio. Sí, una filosofía fácil, inflada pero efectiva, ¿y qué otra cosa se le puede pedir a alguien que pierde su tiempo en ganarle la partida a un pedazo de madera? Si la estación con toda su roña desaparece, es suficiente. Si el mundo retrocede siquiera un poco, ya es mucho.

Perdoná si me pongo un poco melanco, ¿viste? Hacía un tiempo que no pensaba en estas cosas, desde que me mudé que no se me presentaban estas imágenes así de fuerte y te digo la verdad, me parece muy bien que lo incluyas a Gemelli en tu libro porque yo creo que nadie nunca se dio cuenta de lo bueno que era. ¿Cómo dijiste que se llamaba el libro? ¿Artistas argentinos desconocidos? Siempre es lo mismo. Me imagino que habrá muchos como Gemelli, porque al final a él lo conocen más

en el exterior que acá. Y no porque no lo haya intenta-
do, eh, nunca conocí a alguien con tanta convicción. En
un momento hasta le empezó a ir bien de verdad, empe-
zó a ganar plata. Eso pasó casi de un día para otro, co-
mo un milagro. El primer año nomás fue duro, él tenía
que pasarle plata a la mujer, que lo exprimía como a
una esponja. Tuvo que vender el auto y daba miles de
horas de clase. Casi no tenía tiempo para hacer lo de él.
Además la madera es en realidad bastante cara, así que
imaginate. Pero él empezó a moverse para colocar sus
obras, viajaba mucho, hacía cosas por encargo, se pre-
sentaba a cuanto concurso aparecía, iba a ver a cuanto
boludo de turno estuviera en la Secretaría de Cultura.

¿Por qué a la gente le encanta ahondar en sus crónicas de la escasez? ¿Por qué insistimos en esas medi-
ciones detalladas de las estrecheces cotidianas? El mito de las privaciones, del esfuerzo, como si los logros
o los fracasos cobraran otro valor a la luz de ese catálogo de ausencias. Ganas de exhibir el mío, el nuestro. Decirle que mientras ella celebraba su bosqueci-
to de pan y cebolla, Florencia tuvo mononucleosis,
casi se ahoga en una pileta municipal, dio un concierto para piano en un teatrito; yo metí un pie en
un pozo cuando corría como una energúmena y me
fracturé el tobillo, no me dieron un beso hasta los
dieciséis, practiqué sin éxito todos los deportes, Tibi
el gato que adoraba desde chica se fue muriendo de
viejo, vi decenas de películas sin mi padre en el sillón
del comedor; recé todos los misterios del rosario con
la abuela, mordí pilas de almohadas de rabia, me

imaginé heroínas y muertos consoladores pero él no volvió nunca y yo leí hasta reventarme los ojos.

Todo para que ahora ni siquiera los cheques del Nación parezcan un gesto espontáneo de mi padre sino una insistencia irritante de mamá. No puedo decidir si ese gesto la reivindica o refuerza esa sensación de cosa solapada, paralela, esa idea de protección sospechosa que siempre tuve de ella. Para alejar ese pensamiento (¿mamá reivindicada?) vuelvo la vista a la puerta del vagón. La vieja vestida de gris se niega a desaparecer, parece que hubiera estado parada allí por horas. Los que esperan su turno para pedir se agitan a su espalda, murmuran. Ella se apoya en el bastón y con la otra mano declama firuletes en el aire, casi una catedrática de Letras. Es más, se parece un poco a la Juarroz, varonil al estilo de Benny Hill cuando se disfrazaba de abuelita. Bajo un poco el volumen y la escucho. Tiene una voz como de angina de pecho. Y es increíble pero en ese momento dice: "Mi padre, un médico rural, mi padre, que donó su vida, sus mejores años ayudando a otros, mi padre, que atendía gratis a todo el que lo necesitara, hoy tiene ochenta años y no tiene un centavo para comprarse una pierna ortopédica".

Si no fuera porque se parece a Benny Hill su discurso sería creíble, porque los golpes de efecto los atempera la voz ronca que parece salirle directamente de las tetas, una voz que anda por derecho propio entre el tufo de los oficinistas y las bolsas de las amas de casa. Casi parece sincera, como si no hubiera ensayado el parlamento. Pero es la voz la que tiene ese efecto.

Supongo que siempre es más fácil pedir para otros que para uno mismo. Al fin y al cabo todos tenemos nuestro catálogo de miserias adonde ir a buscar un argumento convincente. ¿Su padre? Vamos. Su padre no puede tener ochenta, debe tener más de cien años. Y sin embargo, la vieja tiene coraje, aguanta con la cadera el envión que la hace tambalear, la ola humana la vuelve a empujar, hasta que avanza, da dos pasos, mira a la nada, se aferra a un saco, alguien se queja, aparecen dos niños y un vendedor de pilas irritado le sacude algo a la altura de los ojos, la vieja menea la cabeza, atrás hay otros que silban, "acabala, Mari, dale", se oye entre el grupo de mendigos que la obliga a avanzar, mientras la vieja mira a la nada, repite la última frase, esta vez para sí misma, sin perder la dignidad, la voz hecha un silbido, un estallido seco, peligroso.

Así fue como le salieron cositas en plazas, lo del cementerio, algunas otras piezas en el interior. Se adaptaba. Pero qué querés que te diga, la gente en este país no entiende nada. Esos trabajos para Gemelli fueron plata y nada más, porque por el lado artístico, eran lo mismo que nada. No tenía libertad y él necesitaba otras cosas. Yo se lo decía todo el tiempo, que los mandara a todos al carajo. Pero se terminó de convencer cuando le encargaron una madre para una placita en Villa Colombres. Imaginate más o menos lo que los políticos esperaban para "realzar la ciudad y los valores de la comunidad". Bueno, esta vez Gemelli estaba harto, pero era buena plata, así que se encerró un

*tiempo a bocetar y apareció con una madre buenísi-
ma, yo creo que es una de las mejores cosas que hizo
fuera de la madera. Era un bronce, como ellos querían. Pero claro, era un Gemelli de verdad, pura geo-
metría, no esas cosas estandarizadas que había hecho
antes. La madre y el niño salían de la misma base, como si fueran dos gusanos enredados buscándose con las
cabezas nomás. El niño era solamente una forma geo-
métrica, un cilindro con una semiesfera ahuecada en
lugar de la cabeza, parecía un muñeco de esos de Play-
mobil pero sin facciones, me entendés. La cabeza de la
madre terminaba en un triángulo plano que ella apoyaba sobre la frente del niño. Si la mirabas de lejos veías
cómo las dos serpentinas de los cuerpos dejaban unos
agujeros vacíos en el medio con la forma del símbolo
del infinito. Bueno, la cosa es que nadie la entendió.
Decí que Gemelli había cobrado parte por adelantado
y también los materiales, porque cuando la escultura
llegó a Colombres los tipos lo quisieron matar y nunca completaron el pago. Al contrario. Amenazaron con
devolverla. Incluso con volverla a fundir para "recuperar los gastos". Estuvo sonando el teléfono semanas
hasta que dejamos de atenderlo. Los tipos todavía querían que les hiciera un madre de verdad, hasta le mandaron unas fotos con modelos, tipas con niñitos en brazos por si "no se hacía idea de lo que querían". ¿A vos
te parece? Fue de los peores momentos, que yo recuerde.
No se le podía ni hablar. Se encerró por días, ni siquiera fue a dar clase. Lo único que se oía era el formón y
la sierra...*

Si se hubiera detenido ahí tal vez hubiera vuelto satisfecha con mi historia de amor. Si al menos la clausurara una despedida amistosa o un melodrama causado por un malentendido, como en la historia de Nina. Pero la de Graciela es también un historia de éxito y eso complica las cosas. ¿Puedo realmente creer en esos premios, en esos concursos sospechosos que Graciela recuerda con tanta nitidez? Alguien como papá lo hubiera publicado a los cuatro vientos, se lo hubiera hecho saber a todo el barrio, a todo el mundo. Especialmente a mamá. Hubiera sido su revancha, el momento que había estado esperando durante años.

Trabajaba como un loco, casi no dormía. Tuve miedo de que se deprimiera de verdad porque Gemelli, así como podía ser tan optimista y lleno de ideas, también podía transformarse en un remolino oscuro, no sabías bien qué podía pasar en esos períodos en los que se encerraba en el taller por días. Sí, era como una corriente de agua, traicionera, cualquier cosa que se le acercaba mucho se la tragaba y la devolvía cambiada, gastada, agotada. Y yo me prometí que eso a mí no me iba a pasar, ¿sabés? Pero justo entonces pasó lo de los portugueses. Era un concurso importante. Para la conmemoración de los doscientos años del terremoto de Lisboa. El Museo de la Ciudad iba a comprar obras de artistas internacionales que trabajaran el tema. Lo bueno es que esta vez Gemelli no se tuvo que poner a producir cosas nuevas porque él tenía una serie que llamaba Cefalea colectiva *que se adaptaba bien al tema. Era una de sus piezas más grandes, en total, con todas las partes ensambladas*

*debería tener como dos metros. Estaba formada por tres
cabezas que funcionaban enlazadas o más bien atrave-
sadas por una especie de rama, una forma como natural, curva, que en realidad era como si las destruyera,
como si fuera un rayo fluido, no sé cómo explicarlo, la
verdad, una cosa ramificada como un tumor, eso, sí, como un tumor que las fuera reventando y uniendo a la
vez. Lo único que hizo fue cambiarle el título. Le puso*
Metafísica de la distancia. *Tuvo que llevarla a lo del
Tuki. El Tuki era el amigo que le hacía las fundiciones,
se conocían desde chicos, toda su familia se había dedicado a eso por generaciones, tenían su horno y un taller
en el Oeste porque ellos tenían más espacio para ensam-
blar la escultura y tomarles las fotos... ¿Vos decís el concurso? No sé. Cuando le avisaron que había ganado, yo
no estaba. Fue en uno de esos fines de semana que nos
dábamos de respiro, ¿viste? Yo me había ido a Pilar con
unas amigas y cuando volví lo encontré enloquecido haciendo las valijas, porque obviamente que lo habían in-
vitado a la inauguración junto con otros cinco artistas
más. Claro que las esculturas iban a ir antes por barco
y hasta me quiso convencer de ir al puerto a ver las cajas, como si las fuéramos a despedir, más bien porque estaba obsesionado, súper nervioso con que el embalaje
fallara y se le quebraran algunas piezas porque la escultura era hueca y también tenía partes que estaban ta-
lladas en madera más finita.*

Debería sonrojarme de sólo pensar en esos títulos
pretenciosos, ridículos. Pero me hacen reír. Todo eso
suena como el padre que yo me había inventado de

niña, el que aparecía en los formularios de la escuela firmando como artista. Pero eso al menos debe ser cierto. Esas esculturas tienen que estar en algún sitio. Alguien tiene que saber dónde y eso es tal vez lo que me impide sentirme en paz con el relato o rechazarlo de plano como una invención más del teatro de Fabio Gemelli.

Cruzamos ahora la General Paz, nada en las casas o en las calles señala la transición a la Capital. Ni siquiera está más limpia o más linda la estación Pueyrredón. Hay, sí, menos árboles y las plazas están más cuidadas, en éstas hay niños en sus impermeables de colores y no adolescentes fumando en sus poses de esquinita.

No importa cuán bien Graciela describa esas esculturas, me resulta casi imposible imaginarlas, como si para seguir la pista en su lenguaje se necesitara de la imaginación delirante de mi padre. Hago un esfuerzo por revertir las palabras a la materia y volverlas a la vida, siquiera un segundo pero no logro ver, realmente *ver* esas moles de madera que Graciela ha descrito como si se las hubiera memorizado.

En vez de eso, nos fuimos a festejar. Se armó una fiesta improvisada en la casa, algo medio raro porque a Gemelli le gustaba mucho salir pero la casa era como su búnker, poca gente venía a verlo, él decía que no quería que le cargaran el lugar con mala energía. Solamente venían los más cercanos: el Tuki y el hermano, a veces Zúñiga y la mujer, una petisa rubia muy simpática. Liliana, otra amiga de él de años, venía muy de vez en

cuando, creo que a ella sólo la vi dos veces, una en una
muestra y otra en un cumpleaños. Claro, ella y Willy
—el astrólogo ese que te dije que sabía de teosofía— vi-
vían en la Capital y yo creo que eran bastante copetu-
dos, ¿viste?, que no les hacía mucha gracia venirse has-
ta acá. Pero ese día Willy también estaba, había gente
que yo no conocía, hasta trajeron a un japonés que des-
pués resultó que trabajaba en la embajada y también
empezó a colocarle piezas a Gemelli en su país.

Hasta el japonés me suena inventado. Imagino a
mi padre convenciendo a un tintorero amigo para
que represente la truchada. En las fotos que me mostró Graciela el tipo salió acartonado, como si no pudiera desprenderse del almidón y el planchado, ni siquiera para colaborar en la pantomima. Se lo ve
incómodo, sentado en un sillón entre el tal Willy (alto, atractivo, desentendido del mundo en su traje
gris) y Liliana. Siempre la había imaginado rubia pero nunca tan bajita. Sus comentarios me la habían
hecho alta, con lentes redondos, fea y con una boca
cruel. En cambio se la veía pequeñita, con una mele-
na cortada a la altura de las orejas y labios finos que
hacen pensar en la palabra "mohín". Parecía desconcertada, fuera de lugar, apretujada en un sillón ana-
ranjado en una casa de provincia. Un grupo de lo
más incongruente. Digno de un retrato que se llamara *Flapper apretujada en sillón de provincias*. Ella misma se hubiera reído, lo sé. Porque en la foto sonreía
con descrédito mientras sostenía su copa y miraba a
mi padre que, parado en una esquina, le hablaba al

japonés o al astrólogo. Es ese descrédito, esa descon-
fianza divertida de su sonrisa lo que me inquieta, lo
que me dice que si hay alguien que sabe, si hay alguien que realmente conoció a Fabio Gemelli, ese
alguien sigue siendo Liliana Fiore.

Para mí siempre fue más fácil hablar con extraños,
cultivar un anonimato inofensivo en cada intercambio, ser otra en cualquier escena prefabricada. Situaciones que requieren tan sólo saber el guión. Las
compras, por ejemplo, son más el ensayo de un gesto que un acto necesario de adquisición, de ahí mi
tendencia a los excesos, disfrute minucioso con cada
frase convenida. Porque para cualquiera hubiera sido más lógico ir a verlo a Zúñiga, el único amigo de
papá de toda la vida. Todavía debe vivir en la misma
casa de siempre, cerca de la estación, rodeado de nie-
tos y viejos grabados. O hablar con mamá. Pero no
para mí. La intimidad me paraliza como el olor a
naftalina en un abrigo viejo, como una agenda llena
de citas: el cansancio anticipado de lo conocido, de
lo por venir.

Y ahora pienso que debería haber insistido. Haber
hablado un poco más de esos personajes de la foto.
Pero la historia del éxito de papá fue tan difícil de di-
gerir que mis preguntas se volvieron ridículas, circulares, anormales.

*¿Pero cómo, vos no sabías nada de esto? Yo pensé que
era un dato muy fácil de obtener porque no fue solamente este concurso, eh, después vinieron otras compras
y algunas obras más que fueron por encargo. Tendrías*

que fijarte en Internet, me imagino que ahí debe apare-
cer. Fueron muchas. La verdad es que yo no me acuer-
do de todas. Algunas eran cosas que él ya tenía termi-
nadas desde hacía tiempo. Otras ya te dije que fueron
por encargo. Pero todas eran piezas rarísimas y enormes.
Livianas, huecas. Parecía que por fin Gemelli había en-
contrado su mecenas, aunque fuera a larga distancia.
Para los japoneses hizo todo un grupo escultural que pu-
sieron en el hall del teatro principal de Kyoto. Decaden-
cia del pensamiento occidental o algo así era el nom-
bre. Me acuerdo muy bien porque eran como cinco
piezas, esta vez puros cilindros y esferas, pero muy esti-
lizadas, eh. Dependiendo de cómo las miraras podían
parecer figurativas, podían verse como personas y ani-
males enredados de tal forma que no sabías dónde em-
pezaban unos y otros, aparecía por ahí una pata de un
caballo o una oreja humana enorme pero nunca podías
reponer la forma completa, como si alguien hubiera ba-
rajado fragmentos y los hubiera pegado así nomás,
creando una cosa monstruosa y como linda a la vez. Pa-
ra mí, como se dice, estaba llena de símbolos de la cul-
tura de este lado del mundo, ¿viste? En Kyoto se quedó
más tiempo, como unos quince días, porque estuvo visi-
tando museos y recorriendo galerías. Los tipos estaban
encantados con él. Pero él siempre volvía un poco depri-
mido de esos viajes, yo nunca entendí muy bien por qué.
Me imagino que el éxito no le hacía bien, en el fondo él
era un tipo tímido y tanta atención de golpe le debería
ser incómoda, como si se hubiera puesto un traje presta-
do. Era como que necesitaba volver. Quedarse un poco
en el ambiente de acá, en la chatura del barrio, compe-
netrarse con la gente de acá. Yo creo que por eso nunca

dejó la escuela. La verdad es que dar clase le encantaba a pesar de lo duro que podía ser. Si los pibes aguantaban esos primeros baldazos de agua fría, luego se encontraban con un tipo estricto, que les decía la verdad y los incentivaba cuando era necesario o los desalentaba lo suficiente como para que entendieran que la cosa no era joda. La mayoría terminaba agradeciéndoselo. Como Lucio, que dejó la escuela casi al mismo tiempo que yo. Al final a los dos nos fue mejor haciendo otra cosa. Pero Gemelli nunca supo vivir su éxito. Era como que tenía dos vidas, una acá y una allá. Le iba bien con la plata, se compró otro coche, gastábamos muchísimo, nos fuimos de viaje un par de veces... Así que él podría haber largado cursos y ponerse a producir más, hacer lo que realmente quería. Pero no. Todo lo contrario. En el mejor momento de su carrera dejó de producir. Ni siquiera sé bien cómo pasó eso. Se obsesionó con las clases, decía que solamente ahí podía sacar algo bueno de sí mismo. Empezaba cosas y no las terminaba. Salía todo el tiempo. Casi no estaba nunca en el taller y la casa pronto se llenó de fragmentos, cosas que él expulsaba y abandonaba como si fueran hijos bobos. Bloques a medio pulir, pedazos de torsos, piernas, trozos panzudos y ahuecados de vaya a saber qué seres fuera de toda perspectiva, como si fueran pedazos de un extraterrestre o de un gigante despanzurrado de repente. Era como si él mismo se estuviera haciendo pedacitos. Nada podía completarlo.

Completarlo, como si uno naciera con faltantes. ¿Por qué la gente usa esa palabra tan seguido, sobre todo cuando habla del amor? La media naranja, mi otra mitad. Todas metáforas bobas. No estoy segura de querer escuchar esta parte de la cinta, oír otra vez cómo el entusiasmo, que para mí fue siempre la cualidad más noble de mi padre, la que casi lo redimía de todo, también lo fue abandonando. Oír cómo la historia del éxito fue opacando la historia de amor. ¿Y el dinero? ¿De dónde vendría? Porque sé muy bien que el dinero también era cierto, recuerdo muy bien las fiebres consumistas de mamá que nos equiparon, entre otras cosas absurdas, con dos televisores color y una videocasetera (un mamotreto que todavía funciona y que ella se niega a actualizar) que asombraron a mis compañeros de escuela e hicieron de la casa el centro familiar para los partidos de fútbol. Pero no quiero pensar en eso ahora, hacer cuentas, conjeturas, pensar, por ejemplo, que apenas un año después de separarse de Graciela, papá murió en ese accidente estúpido.

Me duele la cabeza y quisiera poder volver a las primeras escenas, a esas aulas despintadas en las que papá adquiría estatura de coloso. Me gusta esa imagen de mi padre. Porque es la única que parece cierta, la única fácil de comprobar apelando a mi memoria retaceada. El resto del relato, en cambio, es pura convicción de Graciela, pero tan pura que es capaz de vencer cualquier escepticismo, de hacerme dudar aunque sea un poco.

El dolor se extiende hasta la nuca, no falta mucho para llegar a mi estación y ya no hay tiempo para volver a la madera, a ese bosque del comienzo, lleno de posibilidades. Pero escucho, ¿qué otra cosa podría hacer?

Yo siempre pensé que lo que le faltaba era el reconocimiento acá. Él hubiera querido que lo respetaran más,
¿viste? No alcanzaba con tener plata y respeto afuera. Sobre todo por las hijas, ¿sabés? Yo creo que él quería deses-
peradamente tener éxito acá por eso, para que finalmente lo aceptaran. Eso también nos terminó de joder a los
dos, él estaba cada vez más lejos, aislado, ya ni siquiera
sabía cómo hablarle, sentía que en cualquier momento se
iba a desarmar delante mío, que esa distancia era en realidad necesaria para él porque si no se iba a desmoronar
y quién sabe con qué me encontraría debajo de eso. Creo
que yo no quería estar ahí para verlo, ¿sabés? Además,
imaginate, si ése era el efecto del éxito cómo sería el del
fracaso, ¿no? Casi no hablábamos. Muchas noches él no
dormía en casa. Yo ni siquiera le preguntaba. Siempre
odié ese papel y, ya te dije, sabía muy bien que Gemelli
era peligroso, que me tenía que proteger yo solita. Por ahí
todo era cuestión de tiempo. Pero nunca fui buena para
pruebas de resistencia, ¿sabés? Como te dije, la casa se llenó de esculturas a medio hacer. Era horrible estar rodeada por esos bloques a medio tallar de los que brotaban
criaturas deformes, aparecía un rostro, una curva perfecta o una intención cualquiera que del otro lado conti-
nuaba en tronco, en aspereza, en nada. Así como los empezaba los despachaba al comedor, al patio, algunos se
terminaron pudriendo por la lluvia. Un día entré al taller y vi que estaba haciendo una especie de barco del que
apenas asomaban unas cabezas fantasmales, hasta tenía
mascarón de proa y todo. Le pregunté para qué era, si era
para ese lugar en Dinamarca del que me había habla-

*do. "'Pará', 'pará'. ¿Qué es eso de 'pará'? No es para nada,
Graciela, es mi arca de Noé, mi botecito estúpido. Una
cosa inútil que se va a morir igual que las otras, igual
que todos." Fue la única vez que dijo mi nombre y lo dijo con un tono tan terrible, tan de resignación, de cosa
vieja, familiar... que se me puso la piel de gallina. Nunca supe si terminó esa escultura. Seguro que no. Era enorme, le ocupaba todo el taller y había algo tristísimo en
esas cabecitas que apenas se animaban a asomarse por el
borde del barco. Nos separamos ese mes. Fue de común
acuerdo y logramos hacerlo casi sin palabras, te lo juro.
Muy económico, nada de dramas y boludeces. Aprove-
chamos que él se tenía que ir de viaje. Lo acompañé al
aeropuerto y nos despedimos sabiendo que no había vuelta atrás. Yo quería evitar todo ese circo de las separacio-
nes, ¿sabés?*

Cuando bajé en la estación Colegiales me compré
un pájaro. A mí, que desde Tibi nunca me gustaron
las mascotas y que estoy acostumbrada a pasar por el
vivero de la esquina todos los días sin que ninguno
de esos desgraciados me llame la atención, me ganó
la partida un canario flaco y descolorido que cantaba
tieso en su palito como si anduviera a cuerda. Estaba
perdido entre un montón de otros pájaros más rojos,
más negros, amarillos como mazorcas. Pero acercan-
do apenas el oído se podía distinguir que era él el que
producía esas notas más agudas, como una soprano
resfriada. Cantaba por encima de todos, incluso por
encima de la cinta a todo volumen que se repetía en
mis oídos.

El trámite fue más complicado de lo que pensé: hubo que munirlo de su jaulita, su comida, sus utensilios diarios. Terminé gastando más que en mi último par de zapatos. El vendedor, un tipo solemne que parecía más un vendedor de seguros que de pájaros, me dio las indicaciones del caso. Al final, agregó: "Bien elegido, señorita. Los machos son más lindos y cantan mejor. Las hembras están ahí coqueteando, mírelas, no tienen ni que esforzarse. Ya va a ver, éste canta como ninguno".

Caminé la media cuadra que me faltaba cuidando de no balancear demasiado la jaula, disfrutando de esa sensación de triunfo bobo que me produce cualquier adquisición. Lo puse en el balcón. No parecía demasiado feliz con el cambio, se movía de un lado a otro, como si tener una jaula para él sólo fuera una inesperada molestia. Me senté a su lado. Atardecía. Había dejado de llover y la ciudad se veía opaca, con una luz de velador desvencijado. Corría un viento denso pero el calor no había aflojado ni un poco. Me saqué los zapatos y apoyé los pies en la baranda del balcón. El dolor seguía allí, parapetado en mis orejas. Aspiré el olor a casa nueva, a pintura seca que se colaba por la ventana. Cuando era niña me encantaba el olor a pintura. Lo aspiraba como una loca, como los chiquitos de la estación aspiran su pegamento. Sentía que me entraba de lleno en los pulmones y me calmaba, que entonces el corazón elegía acompasarse y el cuerpo se volvía liviano como ropa al sol. Y sin embargo ahora no era suficiente. Nada parecía suficiente.

Me levanté y llené con agua el tarrito del canario, que picoteaba los barrotes sin prestarme ninguna atención. Volví a la cinta, tratando de obviar mis preguntas, de no oírme fabricar una Claudia desinteresada, correctita, pero me sobresaltó la mano de Julián en mi hombro.

—Nena —señaló la jaula a mi lado—, todavía estás joven como para comprarte un canario, ¿no te parece? Siempre pensé que los pájaros eran cosa de vieja. Mi abuela tenía la casa llena de estos bichos.

—No critiques. Es mi único aporte decorativo. Vos elegiste todo lo demás.

—Está bien. Total, parece que éste ni canta. ¿Y con la fulana cómo te fue?

—No sé. Más o menos. La verdad es que volví más confundida que antes. Yo creo que mi viejo la daba vuelta como quería.

—No me extraña. Por ahí es mejor hablar con la otra. La inteligente, la hija del pintor.

—¿Vos creés?

—No. Yo ya no creo nada. Pero por lo menos te das el gusto. Y a ver si entonces me das un poco más de bola.

Recién entonces me di cuenta de que hacía más de un mes que nos habíamos mudado juntos y yo no paraba de vivir en la superficie de las cosas, desarmando cajas y acomodando muebles mientras revivía una y otra vez las palabras de otras historias de amor que no me correspondían y que, sin embargo, no podía dejar de oír.

5

Liliana Fiore no fue fácil de ubicar. Nada en la guía o en informaciones. Las búsquedas en Internet arrojaron muchos artículos sobre su padre en los que se la mencionaba (más que nada porque él la había usado como modelo cuando era niña) pero poco sobre ella. Encontré una nota sobre la herencia de Fiore. Contaba cómo Liliana la había regalado o malvendido, según ella, mal aconsejada por su astrólogo personal, Guillermo "Willy" Durán, el mismo que aparecía en las fotos de Graciela. Había habido una demanda, nunca un juicio. Mis amigos periodistas (en realidad dos ex compañeros de facultad que vegetaban en la sección policiales de *La Razón*) rastrearon un poco más la historia pero nunca quedó claro cuál había sido el pleito entre Liliana y Willy.

Al fin, una mañana, uno de ellos me llamó para decirme que de Liliana no había encontrado nada, ni teléfonos ni dirección pero que el tal Willy era ubicable. Ella hacía años que no daba entrevistas, ni siquiera a la gente de arte, incluso se decía que se había ido del país. Martín había conseguido más datos sobre el astrólogo: "Tenía un programa de cable y todo, no sé si vos te acordás, todo un personaje el tipo, bueno, parece que cayó bajo porque lo único que encontré de él fue un volante retrucho, y esto porque al pibe que cubrió la nota hace un tiempo le pareció gracioso y lo pegó junto con un montón de boludeces en el corcho detrás de su escritorio. El volante trae nomás la dirección, dice 'lecturas astrales' y lo muestra a él leyendo un libro enorme, con un astrolabio o algo así y unas luces que parecen ovnis que lo atacan desde atrás. ¿Qué tal el tipo, eh? Ni que fuera Galileo. Tendrías que verlo, parece un personaje de película. No, no trae teléfono, pero es por Once, y bueno, vas a tener que ir hasta allá a hacer tu periodismo de investigación, decí que no tengo un minuto libre, si no, te acompañaba, como cuando cursábamos Taller III, ¿te acordás?".

Hubiera querido decirle que sí, que viniera conmigo, que ya me empezaba a dar pánico de sólo pensar en enfrentarme sola a un personaje así. Pero no le dije nada. Anoté la dirección y me quedé mirando el balcón del vecino. No era su hora todavía. El rojo del mantel estallaba entre las flores blancas y violetas que tapaban casi todo el enrejado. Pensé en mi balcón: cemento desolado con un canario mudo y la bicicleta de Julián.

Dos días habían bastado para que el relato de Graciela se destartalara. Me había resistido a pensar, a calcular, hasta que fue imposible seguir pretendiendo que creía. Fue tan fácil como visitar un par de páginas en Internet que desmentían todas sus fechas y aseveraciones. En cambio, seguí escuchando durante días la cinta de la entrevista. Persiguiendo en las variaciones de su voz la verdad o el dato pequeño que finalmente me llevaría al guión de mi padre detrás de sus palabras.

En cierto modo, creo que Graciela Luján es la mejor obra de Fabio Gemelli. No sólo está convencida del talento de mi padre sino que reproduce con fidelidad casi conmovedora la historia del hombre que él podría haber sido, como si él se la hubiera dictado palabra por palabra. Porque estoy segura de que no es otra cosa que el guión de papá el que ella ha aprendido y repetido para mí. Tan fielmente que por unos días he suspendido mi escepticismo y he jugado con la idea de que fuera cierto: que en algunos museos del mundo hubiera enormes esculturas de madera con su firma mientras aquí su nombre se enmohece entre mis eventos de prensa y la decoración del nuevo departamento. Pero no. Hice mi pequeña lista de posibilidades, nombres, fechas, como corresponde a una buena desertora de la carrera de periodismo, y de todo eso no salió ninguna verdad o, por lo menos, no la verdad sobre papá sino la verdad sobre su imaginación delirante. Hice algunas llamadas telefónicas y perdí un poco más de tiempo en Internet mientras Mariana se quejaba del calor y de la inoperancia de los periodistas que, no importa cuánto champán hayan tomado de su bolsillo, nunca publican las notas como se les manda. Bastaron un par de horas. No hubo tales premios. Hay, es cierto, un Museo de la Ciudad de Lisboa pero jamás hubo tal concurso (¿de qué otro lugar más que de la imaginación delirante de papá puede haber salido esa idea de que se festeje el aniversario de un terremoto?). Por supuesto, tampoco hay *Decadencia del pensamiento occidental* en un teatro de Kyoto. Sólo hay palabras en una cinta y, ahora, un montón de preguntas para un tipo que se cree Fabio Zerpa o Galileo y que tal vez ni siquiera recuerde quién fue Fabio Gemelli.

El lugar no tiene nada de extraño, es una de esas galerías en decadencia sobre la calle Rivadavia, unas cuadras más allá de la Plaza Miserere. Hay varios locales clausurados, interrumpidos por el de una modista, un cerrajero, uno de revelado de fotos. El suyo es el último, justo donde la galería hace una ele. Sobre la vidriera tiene pintada una mano gigante que irradia unos rayos de luz desde la palma, uno de ellos dice "Lecturas Astrales", otro "Tarot". Detrás, una cortina. Se adivina una luz baja, anaranjada.

No levanta la cabeza. Dice "siéntese" sin dejar de jugar con el mazo que tiene en la mano. Tiene el pelo un poco largo, enredado detrás de las orejas, despeinado y muy blanco. Sus uñas lucen impecables. Me recuerdan la foto famosa de Warhol cubriéndose la cara. Sólo cuando me siento en el sillón de terciopelo morado que enfrenta su mesita, levanta la cabeza. Sus ojos son los más afilados que he visto en mi vida: grises, puntudos. Nada que la foto de una fiesta años atrás hubiera anticipado. Me doy cuenta de que no voy a ser capaz de mentirle. No a él, que me mira como adivinando que soy una intrusa, que es más que obvio que no he entrado para una lectura.

Deja las cartas sobre la mesa, junto a una tacita negra sin asas, se reclina en su sillón (igualmente morado pero más grande) y cruza las manos sobre su corbata. Usa un anillo de piedra azul en el anular izquierdo. Tendrá unos cincuenta años pero su cara está llena de arrugas perfectas igual que sus uñas, como si fuera posible hacerse una manicura en la cara, portar una vejez cincelada, prolija. Me mira. Tengo la impresión de que no parpadea por un largo rato y sin embargo me siento extrañamente cómoda en el silloncito, la espalda relajada por primera vez. Sostiene mi mirada en la de él como si la cargara, como si fuera un psicólogo dándole a su paciente todo el tiempo del mundo o, más bien, como si el silencio fuera un bien preciado y los dos tuviéramos un pacto para mantenerlo, alimentarlo a fuerza de miradas. Pero soy más débil que Guillermo Durán (así lo nombran las sobrias tarjetitas sobre la mesa, junto a la lámpara china que genera el crepúsculo ficticio, casi húmedo del cuarto) y bajo los ojos primero, y la voz me sale rasposa, pero serena:

—Necesito hablar con Liliana Fiore.

—Por fin. Creí que se iba a quedar así todo el día. —No mueve ni un músculo cuando habla, parece que la voz le brotara directamente de la garganta, contradiciendo todo lo demás porque es aguda, casi histriónica. Desde la primera sílaba hasta el final de su monólogo sentiré esa extrañeza, como si Durán estuviera representando un Narciso Ibáñez Menta meloso y me obligara a entrar en el papel de ingenua desprevenida que llega sin invitación a un castillo tenebroso.— Eso fue hace ya mucho. No pensé que seguiría llegando gente a hablar de los cuadros del viejo Fiore.

—No. Usted no entiende. Fiore no me interesa. Quiero verla por otra cosa.

—Igual vino al lugar equivocado. Hace tiempo que ella no habla conmigo.

—Pero seguramente usted tendrá un teléfono, una dirección.

—¿Y qué si los tengo? Tampoco va a hablar con usted, se lo aseguro. Con nadie.

—Bueno, con probar no pierdo nada.

—¿Y qué es tan importante, si se puede saber?

—No es importante para nadie, sólo para mí. Es sobre mi padre. Quiero hablar con ella sobre él.

—Su padre...

—Un escultor. Fabio Gemelli.

Sonríe. Menea la cabeza, lanza un chasquido. Luego repite "Gemelli". Se ríe un poco más. "Ya sabía yo que iba a oír de él algún día. No, si ése era de los incansables, de los que te persiguen aún después de la tumba." Ahora lanza las manos como expulsadas de su pecho. No dejará de moverlas en toda la sesión. "No necesita hablar con Lilí de él. Yo le puedo decir todo o casi todo de Gemelli. Casi estaría pagando una deuda, se lo aseguro. Sólo espero que usted esté preparada, eh. A veces preguntamos cosas y después... Qué importa. Ya está aquí. Los dos estamos aquí. Así que acomódese bien, detrás suyo hay una mesita con café recién hecho. Sírvase. ¿O prefiere un té de jazmín? Es lo que yo estoy tomando, puedo prepararle un poco. ¿No? Está bien. Escúcheme y si todavía le parece bien cuando termino, yo le voy a dar los datos de Lilí. Mi querida Lilí... Ya no me importa quién se entere de todo esto, fue hace tanto tiempo, tanto... Y después de todo, fue algo tonto, ha perdido dimensión con los años. Arte menor, sin importancia. Así que usted puede pensar lo que quiera, puede incluso *decir* lo que quiera. No me importa. Hágalo. Hable con quien quiera. Total, ¿quién va acordarse de todas estas cosas después de tantos años? Pero va a tener que tener paciencia. Para hablar, al menos, porque una vez que empiezo yo no me callo fácilmente. Véame, soy como un logaritmo verbal en curva permanente. *Tiendo* al monólogo. Viene con la profesión. A los clientes les gusta. Los reto. Los zarandeo hasta que se van contentos con su futurito a medias. Claro, usted es diferente. Por eso se lo cuento. Usted no tiene un cerebro paupérrimo como algunos de ellos, si no no hubiera llegado hasta acá. Por eso y porque a mí también me abandonaron. Yo sé lo que es vivir en un melodrama de Migré, yo también tuve un padre al que busqué sabiendo que lo que encontraría no me iba a gustar. Un padre que resultó terrible, que no sólo me abandonó, sino que me llamó 'invertido' y me cerró la puerta en la cara. ¿Qué le parece? *Invertido*. Ni que hubiera leído a los clásicos o a Albubater. Pobre viejo, así se murió: aristocráticamente ignorante. Así que no me importa lo que diga o a quién se lo diga. Le estoy haciendo un favor. Así soy yo, arbitrariamente generoso. Además, su padre no está aquí para cerrarle la puerta en la cara y no voy a ser yo el que lo haga. Más bien le voy a contar la verdad, que va a ser un poco como el mismo gesto, le voy a decir cómo llegó Gemelli a ese accidente absurdo que le quitó la vida. Porque uno no cae debajo de las ruedas de un coche por casualidad. Uno viene siguiendo, obediente, su propia cadena de absurdos, la que nos diseñamos y olvidamos por autocompasión. Imagínese, si no, lo que sería recordarlo todo el tiempo. Nos sobraría inteligencia. Y para vivir en la materia, la inteligencia es un lujo, un exceso. Estoy hablando de esa otra inteligencia, una que no encuentra expresión en este plano. De la inteligencia verdaderamente elevada. De esa, convengamos, que a su padre no le sobraba, eh. Lo que le sobraban eran las ambiciones. Si hubiera aplicado su inteligencia pedestre correctamente *a donde correspondía*, al mundo real, al mundo de las cosas... otra sería la cuestión. Pero él era como un centauro, las patas en el barro y el arco apuntando a las estrellas. Se hubiera quedado con el barro... Si hubiera vivido en toda la extensión de su nombre, hubiera sido diferente. Porque estaba destinado a mejores cosas, la verdad. Destinado, bah. El *carácter* es el destino. Eso lo sabemos todos sin necesidad de ser Alan Leo. Y a Gemelli el carácter lo arruinó desde el principio. Ese desmesura, esa fe idiota en sí mismo y en sus infinitas posibilidades... esa cosa marcial, *atosigada* que tenía. Eso y los amigos. Porque para empezar a contar esta historia tendría que hablar de ellos primero. De los hermanos Maldonado, del tucumano Alsina y de Lilí. De mi querida Lilí también, lamentablemente, aunque me pese mezclarla en una historia con esos tipos. De Lilí también tendría que hablarle porque ella no la va a recibir. Ni siquiera a mí quiere verme.

"A los Maldonado usted ya les debe haber seguido la pista. Aunque no quedó nada del taller ni de la fundición. Me imagino que el fuego se lo debe haber tragado todo en cuestión de minutos. Igual que a los hermanos. Nadie los volvió a ver después del incendio. Algunos dicen que todavía viven en el Oeste, otros que se fueron a Paraná y de ahí a Brasil. Debería haberlos conocido. Sólo verlos y uno se daba cuenta. Arianos. Cuadrúpedos. Unos tipos habilísimos, a mí me fascinaban, sobre todo el mayor, Martín. Casi no hablaba. Obtuso, trabajaba como una bestia durante horas frente a ese horno que no bajaba de los quinientos grados. Andaba siempre semidesnudo, fuera invierno o verano. Magnífico, parecía una extensión del bronce y el fuego, alto, moldeado a la perfección, los músculos de un dios griego y el cerebro de una cabra. Pura manualidad y hombría. Decían que había nacido medio retardado pero que tenía chispazos de genialidad, como cuando aprendió el oficio como por arte de magia —a los ocho años— tan sólo por haber observado desde un rincón a su abuelo día tras día. Usted sabe, cada familia se crea sus propios mitos. Yo no sé si eso era cierto, pero es verdad que el tipo tenía una habilidad increíble para componer todo lo que tuviera que ver con metales. En cambio, el hermano era todo lo contrario. Adrián era el negociante de la familia. No vaya a creer que se trataba de algo de gran escala, aquí no había concurrencia jupiteriana o neptuniana. No, éste era un estafador de poca monta hasta que se mezcló con Alsina y con Gemelli. Del oficio sabía algo, pero su gran hazaña fue haber convertido el ta-

llercito de su abuelo en uno de los centros de falsifi-
caciones monetarias más importantes del país. Usted
sonríe pero no exagero, eh, el tipo empezó falsifican-
do monedas de cincuenta que después se encargaba
de diseminar gracias a una bandita de pibes cirujas.
Se jactaba de que su inicio en el mundo del delito había sido temprano y por muy nobles razones. Ésta era
su anécdota favorita. Se la voy a resumir porque vale
la pena, lo pinta de cuerpo entero. Un verano en que
el abuelo (que los había criado a los dos, vaya a saber
dónde habrá terminado la pareja que engendró tre-
mendos especímenes) casi no tenía trabajo en la fra-
gua, se fue a Entre Ríos a visitar a unos parientes y
volvió con un cargamento de sandías para vender.
Puso a los chicos en una carreta con un caballito y
ellos salían voceando el producto desde bien temprano hasta las horas de la siesta. Pero resultó que los parientes los habían estafado. Las sandías no tenían
gusto a nada, eran pura agua. En cuanto la gente pe-
día que se las calaran y mordían el triangulito de
muestra, se iban directo a la verdulería del barrio. El
abuelo creyó desesperarse. Había gastado sus últimos
pesos en las sandías (aquí el relato cobraba propor-
ciones melodramáticas). Entonces, Adrián, que tendría unos diez años, apareció con la idea salvadora.
Fue hasta la farmacia y compró una jeringa de plástico. La llenó con agua y azúcar y vacunó a cada fru-
ta con un sabor inmejorable, cuidando de recortar el
triangulito de muestra alrededor del pinchazo. Se
fueron a venderlas por los barrios aledaños, donde la
gente no los había visto. Fue todo un éxito y salva-
ron el verano. Y con esta doble estafa familiar se

inició su (usted perdonará el adjetivo) *fructífera* carrera. Después vinieron las moneditas y de a poco Adrián se fue haciendo su fama. Tenía pinta de futbolista, siempre usaba barba candado y el pelo muy corto, prematuramente canoso (un Saturno ascendente, con toda seguridad). En el barrio le decían el Tuki porque tenía una nariz ganchuda, nariz de avaro. A mí nunca me gustó, no tenía vuelo, sus mayores ambiciones no sobrepasaban la imaginación de un ama de casa de Almagro: irse a Miami de compras, cambiar el coche, salir de juerga con los amigos. Pero los dos eran un caso de estudio, eh. Ya le dije, fascinante. Lástima que nunca tuve ocasión de analizarlos más de cerca. Pero no vaya a pensar que ellos son personajes secundarios en esta historia. Al contrario. Sin ellos Gemelli nunca hubiera producido nada y es cierto que sin ellos tal vez tampoco se habría perdido. Y sin embargo fueron pocas las veces que los vi. Sólo una vez estuve en la fundición, ya ni sé cómo Gemelli me convenció de acompañarlo. En cambio a Alsina nunca lo vi. Él era el verdadero cerebro. Me lo imagino como un escorpión, taimado, resbaloso. Dicen que digitaba todo desde Brasil. Nunca me quedó claro si eso era cierto o también era una fabulación de Gemelli. Con él nunca se podía estar seguro. Pero algo de verdad habría porque los hermanitos hablaban de Alsina todo el tiempo, de cómo los había reclutado en los setenta. Aunque el paso de los hermanos por la militancia en la Jotapé nunca se concretara verdaderamente, el vínculo con Alsina se fue profundizando. Le hacían favores. Le escondían *cosas*, fundían otras, borraban números de serie. Hacían negocios. Gemelli todavía estaba al margen, salía con ellos, con Adrián sobre todo, pero creo que le interesaban más las mujeres en esa época. Estaba en su período *experimental* en más de un sentido. Al menos ésa es la teoría de Lilí, que lo conoció por ese entonces en el taller de su padre.

"Porque por acá empieza el otro pedazo de la historia... entienda, sin Lilí ésta no sería la misma historia. Dicen que Fiore no recibía muchos alumnos y, que yo sepa, a Gemelli nunca lo recibió. Él se coló, infiltrado entre un grupo de niñas bien que venían de tertulia los jueves al taller de la calle Venezuela. Empezó a quedarse, disimulado entre el grupo de aprendices. Fiore... bueno, usted sabe cómo era, no hace falta que le cuente que tenía mal carácter. Eso, el abstraccionismo a la latinoamericana y su *Mujer imposible* lo hicieron famoso... no perdamos tiempo hablando del viejo, que de él se ha hablado mucho ya. Lo importante es que él hacía la vista gorda. A Gemelli lo toleraba porque sabía que no tenía talento y que de poco le iba a servir quedarse. Pero él se paraba en un rincón, y escuchaba y tomaba apuntes como todos, sólo que nadie le hablaba, parecía un chico abandonado (palabras de Lilí, por supuesto, hija de esa naturaleza acuática, vulnerable, que todo lo distorsiona). Y ella lo adoptó. Era como su mascota. El hermanito que nunca tuvo. Después de todo, los dos eran casi de la misma edad y ella no tenía precisamente una relación fantástica con su padre, algo que usted entenderá muy bien, seguramente. Creo que hasta hubo algo de desafío en esa adopción, era una forma más de contradecir al viejo. Una pulsea-

da simbólica. Lilí se había propuesto hacer de Gemelli el artista que su padre no había visto. Es que en
esa época era soberbia. Agua y fuego. Y más fuego.
Imagine. ¡Armaba cada hoguera con el viejo! Ay, Lilí. Siempre le gustaron esos gestos gratuitos, inútiles.
Desperdicios. Pronto Gemelli pasó del taller a la sala. Ahí se entretenían, ella tocaba el piano como una
lady del siglo XIX y él la observaba hecho un palur-
do, contaba chistes como un fontanero salido de las
páginas del Lazarillo, y de vez en cuando hacía algunos bocetos que ella le corregía... Es que Lilí puede
ser ingenua pero no es tonta. Siempre tuvo aires de
princesa, aunque su padre era el tipo más humilde del
mundo y su abuelo un inmigrante italiano que casi
se muere de hambre en Santa Fe. Pero ella encarnó
mordaz, altanera y frágil a la vez. Podía interpretar la
Venus Urania de cualquier hombre, aunque era más
común verla como una Diana terrenal, la diosa cas-
ta. La que oculta entre los pliegues de su virginidad
todos los complejos y frustraciones posibles... ay,
Lilí... Pero no tome mis metáforas al pie de la letra.
Estoy hablando de otra Lilí, no de la Lilí con la Luna en Escorpio, no de la obesa amargada y resentida
que vive todavía en la misma casa paterna, no de la
que se casó tres veces y nunca parió más que un niño
muerto y volviéndose hacia la pared le dijo a su segundo marido, como interpretando a una heroína de
Brontë degradada por el contexto: 'No le pongas
nombre, no lo llames nada'. Estoy hablando de la Lilí de entonces, cuando todavía estaba llena de promesas. De la Diana peligrosa que se adivina en el retrato que Fiore pintó de ella cuando apenas era una

adolescente. ¿Lo conoce? Salió reproducido en algunos libros. Se la ve soberbia, con el pelo rubio enroscado a la cintura y en pose clásica de dama antigua con cara de matrona. Claro que no es de sus obras más famosas, está fuera de su línea, pero ese cuadro debe ser uno de los pocos que Lilí todavía conserva, colgado sobre el hogar de su casa en ruinas. Pero no me malentienda. Gemelli jamás le puso una mano encima. Al menos no durante esa época. Lilí era como su tutora, su cómplice en muchos sentidos. Lo retaba. Cuando se enteró de que su novia estaba embarazada, armó un escándalo. Lo trató de animal, de ignorante, lo acusó de entorpecerse su propio camino. Ya lo dije, Lilí se había propuesto educarlo. Recuerdo que en la escuela lo hacía todo el tiempo. Un año adoptó a una chica de lentes, torpe y fea como un hipopótamo que la seguía a todas partes. En ella malgastó muchos fines de semana y unas vacaciones en Pinamar. Al año siguiente ya tenía otro protegido, una bestia cuya única virtud era contar chistes soeces y toquetear a las chicas de los grados más bajos. Yo me burlaba, le decía 'marquesita' y le preguntaba si no era hora de cambiar de palafrenero. Así era Lilí. Así es. Siempre necesitó buscar su corte raquítica entre la resaca. Toda la vida... Lilí, pobrecita... Cuando me llamó para contarme de su nueva adquisición, no la tomé muy en serio, le dije que el aprendiz de su padre debía ser otro espejismo suyo y le pregunté si no se cansaba nunca de ser la Embajadora de la Paz ante los Inútiles. Estuvo una semana sin hablarme. Pero en esa época no podía vivir sin mí, al fin y al cabo, hasta la corte más raquítica necesita un astrólogo...

"Es gracioso pensar que cuando Gemelli se refería a Fiore siempre le decía 'el maestro', en un tono que, estoy seguro, no carecía de sorna, porque, después de todo, Fiore nunca le dio clases de nada y si Gemelli aprendió algo en esa casa, se lo debe únicamente a Lilí. Él era su diamante en bruto. ¿No es fantástica esta versión femenina de Pigmalión? Convengamos que es una justa inversión del mito. Se había propuesto pulirlo, refinarle el gusto. Aunque poco consiguió en ese aspecto. No importa cuántos libros le regalara. Gemelli siguió vistiéndose como un pelafustán, bañándose sin culpa en la nueva ola, leyendo basura y prefiriendo las tortas fritas a los escones y las Venus Pandemos a las Uranias...

"Pero la cosa es que iban a todas partes juntos. A recitales, a cineclubes, a museos, a la cancha, a las ferias de artesanías de Mataderos y el Tigre. De cada expedición volvían con algún trofeo. Llenaban el cuarto de Lilí de porquerías. Baratijas, muebles viejos, animales. Una vez se trajeron una lagartija que doña Amanda terminó descartando disimuladamente por el inodoro para no encender más cóleras en su hija, a la que llamaba (¿no es delicioso?) Sisí.

"¿Le molesta que le hable de ella? No ponga esa cara. Es absolutamente necesario. Ya lo entenderá, deme un poco más de tiempo y ya verá cómo el cuadro aparece enterito a sus ojos, con su papá en primer plano. Pero para eso necesitamos a Lilí. Así que tenga paciencia, tome un poco más de café, sea buena y quizás al final también le tire las cartas. ¿Dónde estaba? Ah... sí, el cuarto de Lilí. Se lo tengo que describir, porque es un poco como describirle al Gemelli de esa época, el jovencito entusiasta de los principios. Además, ¿ya le dije que me encantan las listas? A veces creo que toda una vida entra en las listas de la carnicería, de la tintorería, de las vacaciones. Seguramente es así con el cuarto de Lilí. Mire, era un inventario de su propia personalidad abortada: botellitas de todos tamaños y colores, principalmente petaquitas de ginebra o perfumes, un banderín de Boca, una colección de espejos (todos convenientemente rajados y por lo tanto malditos) desde uno chiquito que venía con su lápiz labial adosado hasta uno de casi dos metros veteado de manchas, siniestro, que se sostenía por arte de magia en un marco de caoba partido, pañuelos anudados robados de una gruta de la Virgen en algún santo lugar de la provincia de Buenos Aires, sombreros de paja y terciopelo (únicamente), algunas arañas metidas en frascos con alcohol, un baúl lleno de enaguas amarillentas, pedazos de madera, píldoras, todo tipo de anillos, cables de cobre, una mecedora astillada, las piernas de un maniquí, boletos de colectivo, un sofá colorado que arrastraron una noche de lluvia desde la casa de un cajetilla de Palermo, piedras violetas de Misiones, un casco de jockey, un jilguero, un par de raquetas antiguas que hubieran hecho las delicias de Nabokov, una mulita embalsamada, infinidad de dulces metidos en cajitas de todas las formas (corazones, rectángulos, cofrecitos, bomboneras, cristaleras), una pancarta de Patria o Muerte, un palo de lluvia, dos gatos anoréxicos (Amatista y Alcanfor), un fonógrafo descompuesto y tres máscaras indígenas de madera... Podría seguir, eh. Esto es sólo lo que me viene ahora a la mente. El inventario podía variar de mes a mes, de año a año. Igual que sus protegidos, esa gente que acumulaba en la agenda y que andaba boyando por la vida. Siempre había alguien. Siempre había algo. Así funcionaban sus colecciones, las humanas, las animadas y las inanimadas. Para mí, la mayoría de esos objetos era como un testimonio, una placa recordatoria de los fracasos de Lilí. Nunca lograba darles uso y lo que empezaba siendo una materia llena de posibilidades, terminaba arrumbado en un rincón junto al resto de sus ideas abandonadas. Era sintomático, transparente, ¿no le parece? Esa pasión acumulativa terminó por reemplazar todas las vocaciones frustradas que tuvo... Claro, ya sé, aquí la lista sería demasiado larga, no me voy a poner puntilloso, nada más le voy a hacer un resumen para que se dé una idea de lo que quiero decir: el violín de los doce a los catorce, la fotografía desde los trece a los veintidós, el papel maché y las lámparas pop entre los quince y los dieciocho, los vitrales entre los veinte y los veintiséis, el matrimonio a los veintisiete, con leves recaídas a los treinta y uno, a los treinta y ocho, cuarenta y cinco y cuarenta y seis (todos tránsitos y/o progresiones que yo le anticipé cuidadosamente), el mecenazgo indiscriminado en estos últimos años, el teatro toda su década de los treinta, el paisajismo unos meses de sus treinta y cinco, las instalaciones y los edificios, obsesiones permanentes. Siempre tenía algún proyecto entre manos, alguna idea grandiosa que nunca alcanzaba a concretar. Su imaginación era espacial, grandilocuente. Proyectaba instalaciones inmensas... Sufría. Imaginaba. Proyectaba. Y volvía a sufrir. Ése era su ciclo biológico básico. En eso se parecía a Gemelli. Entendí pronto que él no era como los demás, que su relación era más profunda. De pares. Los dos pensaban a lo grande, se asignaban horizontes inmensos y terminaban revolviendo los charcos de la plaza San Martín, tomando vino caliente en un sótano en invierno mientras afuera la gente conjugaba otros verbos, los de verdad. Los bíblicos y determinantes. Los que *hacen* el mundo. Afuera la gente hacía y hacía, mientras ellos dos hablaban y hablaban, por siempre detenidos en ese *limbo* de palabras donde viven todos los argentinos condenados al talento irrealizado. Usted lo conoce, todos lo conocemos, aunque no le pongamos nombre. Es el limbo de los incomprendidos y los traumados, el de los hijos de artistas que no pueden matar al padre, el de los condicionales eternos y las subordinadas justificativas, el de las secretarias con poemarios cajoneados. Es el mismo limbo donde debe vivir gente como la gemela de la Legrand o los estudiantes de sociología que tocan la guitarra, ese lugar lleno de vidas truncadas adonde también van a parar los hijos de obreros con talento que no logran saltar al regazo de la clase ociosa, esa clase con tiempo para dedicarse a las obras maestras en lugar de hablar de ellas en un sótano en invierno bebiendo vino caliente mientras afuera otros hacen el mundo. Ah... No se enoje. Eso es aun más cierto tratándose de su padre y de Lilí. Yo siempre la entendí así esa relación. Era como una alianza indestructible. Nada une tanto a la gente como la certeza del fracaso común.

"Después de todo, ¿qué impedía que Lilí se lanzara de verdad a una carrera artística? Lo mismo que mantenía a Gemelli paralizado: el miedo, la reverencia por el objeto. Nadie conquista algo que ha colocado tan alto, y el verdadero artista es el que produce sus obras como una continuación de su organismo, una prolongación de su cuerpo y de su mente. Nada lo eleva sobre el resto de la gente. No tiene función social ni privilegio ni merece parangones con héroes mitológicos. No está más cerca de las estrellas por ser capaz de traducirlas a versos o manchas en una tela. El verdadero artista no se arroja ninguna iluminación particular, pinta, esculpe o escribe con la misma regularidad y naturalidad con que come, duerme y defeca. Lo demás son vanidades inadmisibles, fomentadas por el círculo de inútiles que se maravilla con los desperdicios ajenos. Por eso los verdaderos artistas fueron también iniciados. Como Leonardo. Como Pessoa. El resto son farsantes que viven de la inflación social de la actividad. Sí, de la sobrevaluación del arte. En ese aspecto, nunca hemos salido del siglo XIX. Desde los románticos y sus genios melancólicos, lúbricos y disolutos, hasta Marx con su utopía de ociosos liberados. Y la situación es peor aun en este país, tan adicto a Freud y a sus fábulas de higiene y sublimación que hacen del psicótico y el artista hermanos traductores de un universo vedado al común de los mortales: la propia mente. ¿No es fascinante? ¿Y qué me dice de esa degradación extrema que llaman *astrología psicológica*? Por eso hay que leer sólo a los clásicos, que son despiadados, transparentes. Yo siempre fui platónico y prosaico.

En muchos sentidos pero nunca más que en éste: en el desprecio del filósofo por los artistas y los poetas. Farsantes. Venusinos y hedonistas. Cualquiera que los desenmascare tiene asegurada mi más sincera simpatía.

"Sí... perdone la perorata, a veces me desboco, me pongo como un perro rabioso. Ya le dije que tiendo al monólogo. Ya, ya. Sé que me estoy yendo de tema y usted pensará que la estoy reteniendo nada más que para justificarme, nada más que para lanzarle mi filosofía y subsanar... ¿cómo sería en el lenguaje policial?, *un accionar delictivo*. Eso. *Un accionar delictivo*. Sí... por ahí es eso lo que quiero. Justificarme. Pero no es *sólo* eso. Lo hago por usted y por mí. Tenga paciencia. Ya vuelvo a lo que a usted le interesa. A su padre. Quería explicarle mis porqués. En algún momento pensé que eran los mismos que los de Gemelli... Sí, por momentos creí que Gemelli compartía mi visión. Me equivoqué. Le di demasiado crédito, como si él pudiera tomar distancia de lo que tanto quería y darse el lujo de despreciarlo. No, él quería el éxito más que nada en el mundo. No estaba en condiciones de renegar de él. Seguramente que calificaba como hedonista y oficiaba varios puestos en la corte privada de Lilí pero en verdad *quería* ser artista, aunque sus intentos fueran patéticos y se estrellara una y otra vez contra la pared de su propia incapacidad. ¡Hacía cada grasada! Y Lilí lo secundaba, los dos vivían en el limbo y yo en cierto modo les tenía lástima. Coqueteaban con el mundillo artístico pero sin llegar a despreciarlo verdaderamente. Él se burlaba de sus festejantes o se los elegía. Ella se burlaba de sus andanzas con mujercitas de barrio, mariposas que lo seguían a Gemelli como si fuera un iluminado. Las descalificaba. Las imitaba y las despreciaba. A ninguna más que a la Vázquez. Recuerdo que la primera vez que lo vi, él estaba con ella. Lilí y yo caminábamos por la vereda del teatro San Martín cuando los vimos salir, y Lilí se puso pálida, tanto que si no la conociera desde que era una nena hubiera creído que estaba enamorada. Ni por un momento piense usted eso tampoco. Se lo prohíbo. No, Lilí estaba lívida de la furia. Me acuerdo bien de ese episodio porque ella estaba tan enojada que hizo una caricatura de la tipa, una mujer manzana horrorosa que dibujó en una cartulina. Me aseguró que se la iba a enviar a Gemelli con una notita que le advirtiera que ya que no había sabido elegir mujer, que al menos se esmerara un poco más con las amantes. Es que, ya le dije... Lilí podía ser implacable, sus furias duraban meses y Gemelli lo sabía bien y le temía.

”Cuando nos encontramos esa noche, él dudó un poco, luego nos presentó, me miró buscando una complicidad de macho que no encontró, y entonces Lilí, con estudiada descortesía, le preguntó si ella era la hija del ministro de Lanusse. Siguió un obligado intercambio de trivialidades, ese duelo femenino fascinante en el que hasta las prendas que se llevan puestas pueden decidir una batalla. Esa noche, la función fue 'vestido *strapless* versus bolsito de yisca'. Yo asistí complacido. Ah, Lilí en esa época era como una perrita de caza... tenía una cintura diminuta como la de un galgo, el cabello corto a la Audrey Hepburn y la voz se le encrespaba en ironías que dejaban helada a cualquier diva. La Vázquez perdió en el tercer round, humillada entre unas referencias a un tenor, B.A.Rock y las mujeres maduras que todavía usan enaguas debajo del vestido, todo en la misma oración. Terrible, ¿no? La invitación de Gemelli de ir a tomar algo juntos quedó flotando como un chiste del que nadie se ríe, ellos siguieron rumbo a su 'fornicación fuera del almanaque' (palabras de Lilí) y nosotros hacia el Universal, donde pasé toda la noche oyéndola despotricar contra la tipa mientras producía la horrorosa caricatura en carbonilla, tomábamos tía María sin parar y esperábamos a alguien que nunca vino.

"Vuelvo. Ya vuelvo. Es que quiero acordarme de todo. Quiero ser puntilloso, quiero ser cuidadoso en esto. Por eso, permítame desdecirme. A Gemelli realmente no lo *vi* esa noche, ni las siguientes. Lo que *vi* fue un muchacho de barrio, torpe, probablemente enamorado. A Gemelli lo conocí de verdad unos cuantos años después en la casa paterna, una tarde de domingo entre los gatos de Lilí y las amigas emperifolladas de siempre. Llovía a cántaros. Había otra gente que no recuerdo. Pero a él lo vi *realmente* por primera vez. No sé si usted conocerá ese viejo refrán ocultista que dice que sólo un rosacruz reconoce a otro rosacruz. Déjeme adaptarlo a esa noche, cuando sentí por un momento que Gemelli y yo pertenecíamos a la misma especie de inescrupulosos, a la misma hermandad de arribistas... Esa noche estaba alegre, desmedido. Intercambiamos un par de burlas sobre la *crème* porteña que llenaba el salón. Luego se me acercó, me pasó la mano por detrás de los hombros con una confianza que sólo le daban los años de asistir a las tertulias de Lilí mientras las caras cambiaban y nosotros dos permanecíamos.... tristes y repetidos, en el mismo lugar, yo consiguiendo clientes entre esos mugrosos y él esculpiendo su propia mediocridad... dejando para la posteridad sus pobres proyectitos... Decía entonces que me pasó el brazo por los hombros, me llevó a un rincón y en voz muy baja me propuso el negocio. Bueno, en realidad, yo no sé si me propuso el negocio directamente o si lo que quería era un consejo astrológico gratuito como buen chanta que era. Es cierto que en ese momento él no estaba metido *del todo*. Había hecho algunas cositas pero no se había animado a ir más lejos... La cuestión es que ahí nomás me dice que el negocio para expandirse necesita de mi inteligencia y de mis contactos en el mundo artístico. Me explica que la idea no había sido suya, sino de sus compañeros. En realidad de Alsina, porque los Maldonado ya le dije que andaban en pequeñeces, aunque no es para despreciar la intuición con la que armaron el negocio de generación en generación. Es que Adrián para el rebusque era un genio, hay que reconocérselo, eh. Todo empezó en la época del abuelo. Parece que cuando venían artistas principiantes para hacer fundiciones, el viejo aceptaba que le pagaran con copias de las obras. O ellos se las regalaban porque el viejo les cobraba poco. Entonces, el viejo hacía el vaciado en bronce y producía *dos* copias. Una para el artista, otra para él. Con el tiempo se fue haciendo de una pequeña colección. Y bueno, sí, algunas de las piezas fueron una mala inversión, boludeces de chicos que nunca entraron al panteón nacional. Pero otras resultaron una verdadera mina de oro. Veinte o treinta años después, los hermanitos se encontraron con que tenían en sus manos Yrurtias, Domínguez, Fontanas y Romanuttis que se podían vender muy bien. Hasta un Tasso tenían. Claro que necesitaban de alguien que entendiera un poco, que las clasificara, y Gemelli vio el negocio clarito. Él era perfecto para poner la cara, para hacer de enlace entre los malandras de un mundo y otro. Tenía el 'refinamiento' que los hermanitos no tenían y no hizo falta nada para convencerlo a Adrián. Pero les faltaban los contactos y ahí aparece Alsina en escena. Parece que, con la democracia, Alsina había vuelto al país con compradores en el mercado exterior. Fíjese que no es difícil entender la formación heterogénea de la banda. Los cuatro se conocían desde hacía años, habían pasado cosas juntos, la militancia, todo eso... y ya se sabe... éste es un país donde los *compañeros* de hoy son siempre los *delincuentes* de mañana, no tiene nada de raro, al contrario, es una regla de oro en la Argentina. ¡También con esos excesos en Cáncer!... Y éstos se lo tenían todo bien pensado. Ni siquiera era algo completamente *ilegal*, ¿me entiende? Estaba a mitad de camino. Bueno, sí lo era de alguna manera, muchas eran *copias no autorizadas* porque los hermanitos siguieron durante años con la política de la réplica a rajatabla. Cada vez que hacían un bronce de algún artista con un poco de nombre, generaban dos o más copias, por si las moscas. Llamémoslo una inversión a largo plazo en el talento nacional...

"Funcionaron un tiempo con los contactos de Alsina pero eso se acabó pronto, se ve que al tipo le gustaba ramificarse, no quedarse con un solo negocio. No redituaba. También se acabaron pronto los artistas que confiaran en Gemelli, ninguno realmente bueno le daba bola. Para eso me necesitaban. Yo podía convencer a muchos, tenía mis contactos en Italia y Alemania. Hasta les conseguí uno en Japón y todo. Incluso convencí a Fiore de que usara la fundición de los hermanitos para algunas obras. No fue difícil, el viejo ya se estaba haciendo el popular. A él el amor por el proletariado le llegó a destiempo, para mí era pura senilidad, puro boato inocuo de un Júpiter mal aspectado... Fíjese que iba a los barrios de la provincia a dar talleres gratis y todo.

"Y a mí me encantó la idea. Ni siquiera fue *solamente* por el dinero, aunque no voy a negar que me venía muy bien porque todavía no había llegado el menemato salvador para que, con la Curi a la cabeza, se hiciera de mi profesión un ministerio... No, las cosas no marchaban del todo bien en los ochenta, es cierto... pero más que nada me encantó porque era una manera de arruinarles a esos hijos de puta su festín del arte por el arte y su imbecilidad celebratoria, el 'viva la democracia' y 'expresémonos' y 'aguante el arte nacional y su renacimiento'... Era una manera de joderlos. Eso era lo que me encantaba. Que fuera joder a los farsantes nacionales *a largo plazo*. Devaluarlos. Socavarlos como un Neptuno corrosivo, paciente, letal. Era grotesco. *Justo.* Y dije que sí.

"El negocio anduvo más o menos durante un tiempo. Lástima que Gemelli no entendiera estas razones, que él no tuviera mi *altruismo*, por decirlo de alguna manera. Lástima que se empecinara en mezclarlo todo con su propio teatrito del éxito. Porque eso es lo que a la larga lo arruinó. Primero lo hizo con la esperanza de vender sus propias obras. Insistió en llevárselas con el primer cargamento y tratar de negociarlas en Lisboa. Perdió tiempo y dinero y por supuesto que se vino con los bolsillos vacíos. Después, dijo que era su forma de justificar los viajes y el dinero. ¿A los ojos de quién? ¿De la boba con la que vivía? Yo no me lo creí. En todo caso lo habrá hecho por Lilí, creo que a ella sí sentía que le debía algo. Aunque para mí estaba claro que todo se había convertido en una cuestión de orgullo. Ya estaba jugado: había entrado al baile de sus propias mentiras y no se podía salir. Después empezó a inventar los viajes. Ya ni siquiera se iba. Se había alquilado una piecita en una pensión y se quedaba fines de semana enteros ahí, quién sabe haciendo qué. Yo lo observaba fascinado. Les había vendido a todos (todavía no entiendo cómo, la verdad es que ahí estaba su verdadero talento) la idea de su éxito. A esta mujer, la tal Graciela, a sus colegas de la Escuela, a Lilí. Sobre todo a Lilí, que estaba eufórica con el triunfo. Claro que ya no se veían tanto, de otro modo ella hubiera sospechado algo. Aunque no sé, ¿usted no cree que esa película gomosa que llaman cariño puede anular la más aguda de las inteligencias? Yo creo que sí. Si Lilí sabía o no de sus mentiras ya no importa. Importa que ella elegía no saber. Creo que en el fondo él la quería, a veces pienso si en realidad no lo habrá hecho todo por ella... Fue un verdadero circo de festejos y felicitaciones, se lo aseguro... Increíble... pero la gente cree lo que quiere creer, ¿verdad?, y además su papá era un verdadero artista de la mentira. Claro, con algunos exageraba más que con otros. ¡Encima hacía esos adefesios gigantes que costaban un dineral en transporte! Hasta que le hicimos saber delicadamente que mejor abandonara la idea de hacerse famoso a costa nuestra y dejara de desperdiciar recursos en esas cosas. Entonces empezó a dejar sus esculturas en el galpón de los Maldonado. Es que Gemelli era como una máquina imparable. Una vez que empezaba con una historia, nadie lo sacaba de ahí. Convirtió el galpón en un verdadero museo de atrocidades en madera, que se amontonaban junto a las autopartes, los repuestos y las máquinas de los hermanos, mientras todos creían que las había colocado en Europa o en Japón.

"¿Cuánto le podía durar la farsa? Eso no creo que lo haya previsto. Una cosa es echar a andar una máquina como ésa, y otra hacerla funcionar *todos los días de tu vida...* Empezó a ponerse oscuro, deprimido. Se obsesionaba con cosas, andaba flaco, consumido. Leía todo el tiempo esos libros lamentables sobre orientalismo, esos digestos sobre karma y alimentación positiva. Hasta le empezaron a agarrar delirios de persecución. Una vez me llamó desesperado con el cuento de que la ex (no sé si esto de su madre será cierto, usted sabrá) le había hecho un 'trabajo'. Una macumba, es el término que usó. ¡Como si yo estuviera metido en esas barbaridades!

"¿Qué le pasa? Le molesta que sea tan directo. No puedo evitarlo. Así fueron las cosas, créame. Yo vaticinaba que a la larga Gemelli nos iba arruinar, pero en eso se nos adelantó Adrián, que nunca supo separar lo importante de lo menor... Dígame si no es una especie de justicia poética *a la argentina* que los Maldonado, en lugar de caer por estafas con obras de arte, cayeran por falsificar moneditas. Por eso le digo que el azar no existe, es *uno*, uno mismo es el que se va poniendo los escaloncitos que lo llevan hasta un final u otro.

"El día que cayó la policía en la fundición, Martín estaba solo. Nunca supe si él le prendió fuego al galpón a propósito o si fue un accidente con el horno. La cuestión es que ese mediodía Gemelli se había dejado caer por mi estudio. En esa época todavía estaba en el de Santa Fe —cada vez más seguido tenía la costumbre de pasar a consultarme, por supuesto que sin avisar y sin pagar—, no hacía mucho que había llegado cuando sonó el teléfono. Era Adrián. Estaba tan alterado que no le entendí nada de lo que decía, así que se lo pasé a Gemelli, que se fue poniendo más y más pálido a medida que lo escuchaba. Colgó el teléfono y salió corriendo. Sólo alcanzó a decirme que el retardado de Martín le había prendido fuego a todo y que sus obras se estaban quemando junto con las porquerías que había en el galpón y que se tenía que ir volando para allá, para salvar lo que fuera posible. Yo tenía citas hasta tarde y no me enteré del accidente hasta bien entrada la noche. Vaya a saber cómo fue. Debe haber sido casi cuando salió de mi estudio, o unas cuadras más abajo, en la avenida. Obviamente, Lilí se enteró de todo. Y reaccionó con una virulencia sin par. A él lo fue a ver al

hospital, pero ya estaba en coma. Conmigo no quiso hablar del tema. Yo no sé qué fue lo que más le dolió. A veces creo que fue el sentirse una más de las
mujeres a las que Gemelli engañaba con tanta facilidad. Creo que eso le dolió más que la muerte misma.
La cuestión es que se casó enseguida con el festejan-
te de turno (al primer marido le había dado salida un
par de años antes) y a mí también me pasó a la lista
negra, empezó con sus amenazas de demanda, nunca llegó a nada pero igual dejamos de vernos. Lilí,
había creído que ella me entendería pero no importa cuánta ciencia, cuánto conocimiento tenga uno
del alma humana, nunca es suficiente. Sólo de vez
en cuando coincidimos en casa de alguna clienta en
la que la observo ignorarme con su mismo gesto de
marquesa de siempre y no puedo dejar de recordar
todas estas cosas y de admirar, sí, de admirar en serio, su consecuente determinación para el desprecio.
Así que si todavía se anima, si todavía siente que le
va a servir de algo, vaya a verla. Vaya, nomás. Díga-
le que yo le di su dirección, me gustaría ver su cara
de furia, como una Elizabeth Taylor tercermundis-
ta... Ay, Lilí, es una pena. Pero como usted dijo, no
pierde nada con probar."

Antes de irme, hice algunas preguntas sin importancia, casi por compromiso, por elegancia. No
agregaron nada. No clarificaron ni corrigieron su
monólogo. Al salir de la galería, el sol y el calor re-
concentrado me golpearon con una nitidez absoluta, como si participaran de sus palabras. Caminé

unas cuadras casi sin pensar, tratando de reducir mi marcha a un andar de los sentidos: los escapes de los autos, los vendedores callejeros, el olor a café recalentado que salía de los bares. Llegué a la Plaza Miserere y bajé las escaleras del subte demasiado rápido, casi como si el local del astrólogo hubiera estado en la puerta de la estación.

La dirección de Liliana Fiore era en el centro, sobre Maipú. Durán también había anotado un teléfono, las dos cosas al dorso de una de las tarjetitas que lo vendía como "Consultor Astrológico". Busqué un teléfono público. Sentía el cuerpo sin fuerzas, como el de los fumadores de opio en las películas de los sábados por la tarde años atrás. Hasta la gente a mi alrededor parecía parte de una alucinación: los rasgos se me antojaron humanoides, repugnantes, trajes sudados rumbo a sus citas consigo mismos. Descolgué el auricular y busqué unas monedas dentro de mi bolso, ahí aparecieron, incongruentes, mis souvenirs de los últimos meses: el grabador, el broche azul de Nina, unos papeles con listas y fechas y, en el fondo, *Rayuela*. Las monedas debían estar abajo, sueltas, nunca me he acostumbrado a ponerlas en la billetera. Sostuve la tarjetita con una mano, con la otra rebusqué en el fondo del bolso vigilando las caras de los transeúntes (herencia de mamá esa pasión por adivinar al carterista en cualquier disimulo, en cualquier bigote mal afeitado). Apenas podía respirar el aire lleno de ruidos de la estación; frenos, gritos, cumbias y un charango con ecos de azulejos espesaban el aire que se negaba a pasar más allá de mi garganta.

Las cosas se me cayeron con un ruido seco, de obra de teatro. Ni siquiera las monedas hicieron bochinche. Otra vez la angustia de la exposición: los carilinas usados, un chocolate mordido, el polvo compacto hecho trizas, el lápiz labil rosado sin su tapa lleno de pelusas y pelitos. Un poco más allá, el broche y la guía Filcar. A la altura de mis pies, el *walkman* y el libro despanzurrado sobre su lomo. Me dieron ganas de irme y dejar las cosas ahí mismo, en el piso mugroso de la estación Miserere, como si fueran de otra, como si yo no tuviera nada que ver con ellas. La gente pasaba sin detenerse, el taco de un mocasín mordió parte del bloc de hojas amarillas, la rueda de un carrito aplastó una lapicera. Mi espejito de mano repetía los dobladillos de los pasajeros en cada uno de sus pedazos esparcidos por el andén. Agacharme se me antojó el esfuerzo físico más grande del mundo, contener la respiración, rozar con la yema de los dedos la mugre de décadas de los mosaicos. Lo hice lo más rápido que pude, metí las cosas sin mirarlas, sintiéndolas ya pegajosas, arruinadas.

Pero el libro había perdido para siempre mis marcaciones, los pedacitos de papel señalando las páginas, todas mis notas olvidadas para siempre entre las suelas y el hollín de los andenes. Lo levanté fastidiada, agarrándolo por las hojas abiertas y leí, sin quererlo, "la vida, proxeneta de la muerte, espléndida baraja, tarot de claves olvidadas que unas manos gotosas rebajan a un triste solitario". Liliana Fiore había subrayado la palabra "rebajan" y al costado del fragmento, tan solo un signo de admiración cerrado y las palabra "Sí".

La inutilidad de la búsqueda se me apareció como un objeto más, como un vidrio entre mis cosas desparramadas sobre el andén. ¿Cuánto más podía seguir oyendo? Rebusqué la tarjetita, que en el apuro había metido en el bolso junto con los restos de mi naufragio público. Volví a leer la letra elegante de Durán que se inclinaba hacia la derecha como por voluntad de un vientecito de tinta. La hice un bollo hasta sentirla incrustada en la palma de mi puño cerrado y luego la arrojé a las vías, donde dudó un segundo, levantó un poco de vuelo y finalmente se perdió entre un vaso de plástico y unas hojas de *Crónica*.

Subí las escaleras hasta el primer nivel. Allí el aire era un poco más blando, hospitalario. El sol de la calle lograba resbalar en los primeros escalones y reverberaba en los pasamanos de madera. En vez de ir hacia el centro, compré un boleto en el Sarmiento. El tren estaba parado con las puertas abiertas, unos chicos trepaban por las ventanillas en su carrera por el asiento libre. Caminé hasta el primer vagón y me senté cerca de la puerta del maquinista. Las puertas se cerraron y el tren empezó su camino hacia el Oeste.

Villa Colombres es un barrio pequeño, apenas unas cuadras en esa repartición caprichosa del espacio que tienen los municipios de la provincia. Lo sé porque en la guía aparecen listadas unas once calles debajo del título. Pero todavía es el partido de La Matanza, aunque pocos se detengan a pensar en Echeverría o en cualquier conjunto de vacas cuando leen el nombre en las facturas de alumbrado y limpieza o en el cartel de bienvenida. El edificio de la Municipalidad no queda lejos de la estación, tan diferente de las del Mitre. Todas las estaciones del Sarmiento son elevadas, con rampas y plataformas que parecen diseñadas para obstruir cualquier tipo de tráfico, y en éstas es difícil rastrear las huellas de los ingleses: no hay árboles, ni canchas de golf, ni techos de chapa con aleros que hablen del siglo XIX.

La Muncipalidad está llena de gente que espera, colas frente a la ventanilla de Rentas, en la del Registro Automotor, hasta en la de Sanidad oigo quejas y algunos epítetos sin referente claro. Es viernes. Todos tienen cara de cansados. Todos quieren terminar el día ahora que no son ni las dos de la tarde y ya piensan en el fin de semana, en el fútbol y el asado. Por eso sé que la búsqueda está condenada al fracaso aunque la gordita que me atiende en la ventanilla de la Secretaría de Cultura sonría con sincera buena voluntad, como si hiciera espejo de mi propia cara redonda y amasillada por el calor que no afloja ni un poco desde el 1º de enero. Me hace repetir la historia unas tres veces antes de irse en busca de unos biblioratos raídos donde los papeles oficiales deben vivir su purgatorio particular de indiferencia cotidiana. Los apoya en un escritorio, detrás hay más empleados que charlan amparados por la bonanza pública. Pasa las hojas. Al principio con diligencia, luego más despacio, gira un poco el cuello y mira a sus compañeros, se ríe de algún chiste que pesca en la última frase, vuelve a las hojas, se moja la yema del índice, endereza la espalda, gira otra vez la cabeza hacia el grupo, un tipo con la camisa arremangada le guiña un ojo, ella mueve otra página, finge no verlo, todavía le quedan fuerzas para otra hoja, la agarra de la oreja superior, remolona, le pasea sus ojitos de cuis por la superficie y la descarta también, contagiada para siempre por la fiebre del viernes por la tarde. Entonces vuelve a la ventanilla. "¿Estás segura de que fue en el 85? Son como quince años..." Anonadada por su habilidad matemática, asiento con la cabeza. "¿Cómo dijiste que se llamaba? ¿Guemelli?" La corrijo. Mi historia está empezando a evaporarse en su cabecita, tiene demasiada competencia. Con dos o tres miradas del tipo a su escote, ya no ha quedado nada de la simpatía inicial por la hija arrepentida en busca de la obra de su padre, un artista fracasado, incomprendido. Estiro un poco el cuello para que ella siga en el campo de visión reducido de la ventanilla, me balanceo un poco en mis zapatos y pienso que tendría que haberme puesto los marrones, éstos me lastiman y el calor no ayuda en nada, y Mariana debe pensar que tengo un fato o que me dio un brote psicótico porque me fui sin avisarle, porque hace más de un mes que voy al trabajo como una zombi y ella es bastante estúpida pero si hay algo que realmente le importa es que los empleados cumplan el horario, sobre todo los que son sospechosos porque dejaron la universidad en la mitad de la carrera y se casan sin avisar y no invitan a nadie ni festejan ni nada.

El tipo sale por detrás de unos anaqueles. Trae una escoba en la mano y usa un guardapolvo gris. Por eso o porque es pelado y de ojos azules me recuerda al portero de "Señorita Maestra" y espero que se llame Fermín y que hable con acento español, pero el tipo ni dice su nombre y lo que dice lo dice con un siseo arrastrado, canyengue. "Discúlpeme, señorita, pero a mí me parece que la estatua esa que usted busca está en el depósito. Hace un montón de años que está ahí, yo cada vez que voy a guardar las cosas la veo y me quedo a veces mirándola porque no se entiende nada, ¿vio? Es de la época de Mastretta, el que subió junto con Alfonsín. Se compraron un montón de cosas por esa época, cuadros, equipos de computadoras, hasta el proyector para el cine de la plaza que nunca cambiaron y no sé por qué todavía está ahí en el sótano."

La empleada parapadea unas pestañas larguísimas, de niña de cómic, y lo mira como si el ordenanza fuera un superhéroe que ha llegado justo a tiempo. "Ahí tenés, Tito es mejor que cualquier archivo. Un archivo viviente. Andá, Tito, acompañala." Y me aclara: "Pero mirá que no te la podés llevar ni nada, eh, eso es propiedad de la Municipalidad".

La puerta que abre el ordenanza (que no ha parado de hablar desde que empezamos a bajar las escaleras, alternando sin problemas entre la dejadez de los gobiernos, mis zapatos incómodos y los juanetes de su mujer) es una puerta común y corriente, flaquita. Nadie pensaría que esa puerta se abre hacia uno de los Museos de Atrocidades del Gran Buenos Aires. Porque cada dependencia de la provincia debe tener el suyo, tres o cuatro subsuelos por debajo de la vida, el limbo oficial de las cosas rechazadas, de los fracasos públicos. La sala adonde van los bustos que cayeron en desgracia, algunos irreconocibles, otros demasiado familiares como los dos Sarmientos de yeso, gemelos absurdos, uno con la nariz descascarada, el otro con la pelada llena de cagadas de pájaro. Ahí también están las maquetas que hablan del futuro optimista del municipio versión 86, 92, 2024, lo que sea, arbolitos laboriosos aplastados por escobillones, palas, poleas, carretillas, carteles de bacheo siempre listos para las elecciones, señas de calles que ahora ostentan mejores nombres, Belgrano jurando la bandera en un cuadro desvahído, más carteles: de vacunación, de hombres trabajando, de cosas prohibidas y olvidadas. Los rodean unas sillas de madera, postes, escritorios de chapa que todavía reproducen escalofríos de los setenta, más bustos, una ninfa con un cántaro roto y un *graffiti* en las tetas (alcanzo a leer "Marcela", el resto es un garabato), mástiles tronchados, monitores de computadoras prehistóricas, algo que parece una lápida de granito, más allá unos baldes llenos de cemento seco, una viga de hierro, una escultura de bronce.

Tito se queda cerca de la puerta, abre los cajones de un archivero, revuelve cosas con ruido a clavos y tuercas mientras yo sorteo la carrera de obstáculos hasta la ventana por la que entra una luz fina, casi gris, depurada del calor y la humedad del verano. La escultura de mi padre está apoyada sobre un escritorio de madera maciza. No es tan grande como la describió Graciela. En nada se parece en realidad a su descripción: no debe tener más de setenta centímetros de alto y no veo que los cuerpos se enreden en un símbolo del infinito. O tal vez no hay en el cuarto distancia suficiente para que se produzca el efecto deseado. O tal vez es la imaginación de Graciela Luján la que lo ha puesto allí, como es ella la que ha puesto la metáfora de dos gusanos enredados cuando lo único que yo veo es un cuerpo distorsionado, un torso que es puro dolor y es el del niño y no el de la madre, y tal vez por eso tiene más sentido porque la madre le apoya la cabeza en la frente con demasiada delicadeza, demasiado satisfecha de su obra, desprevenida, sí, desprevenida, ignorante del dolor ajeno mientras el niño se retuerce sin siquiera forma humana alguna, el niño se retuerce simplemente porque ha nacido y porque el pecado de la vida no es suyo, sino de ella, que sonríe inefable como una madona del siglo XV, sonríe ignorante mientras allí se retuerce la vida y entonces ya no oigo a Tito preguntándome qué significa, si yo sé lo que quiso decir mi padre con ese amasijo de bronce, ya no oigo a Graciela Luján diciendo que ése es un auténtico Gemelli, ni las palabras de Nina hablando de cómo Fabio hubiera podido ser un artista verdadero. Ya ni siquiera pienso en Guillermo Durán y los años de delincuencia menor, me acerco a la escultura, apoyo una mano sobre la cabeza del niño y todo se acalla, incluso los coches que pasan a la altura de la ventana. Todo es silencio nimbado por el contacto frío con la piel de la escultura y mi mano baja por el torso hacia el vientre hinchado, hasta la punta de los dedos del pie y allí se queda como asintiendo, como escuchando, y entonces ya no recuerdo nada, tan sólo oigo, mi mano se cierra sobre ese pie diminuto, desamparado, y oigo, finalmente, todo lo que allí aún habla de mi padre.

Este libro se terminó de imprimir en el mes
de enero de 2007 en Kalifón S.A.,
Ramón L. Falcón 4307, (1407)
Ciudad de Buenos Aires,
Argentina.